미인폭포

미인폭포

초판 1쇄인쇄 2021년 7월 13일
초판 1쇄발행 2021년 7월 15일

저   자 이창식
발행인 박지연
발행처 도서출판 도화
등   록 2013년 11월 19일 제2013 - 000124호
주   소 서울시 송파구 중대로34길 9 - 3
전   화 02) 3012 - 1030
팩   스 02) 3012 - 1031
전자우편 dohwa1030@daum.net
인   쇄 (주)현문

ISBN ｜ 979－11－90526－41－8 *03810
정가 10,000원

도화道化, fool는
고정적인 질서에 대한 익살맞은 비판자,
고정화된 사고의 틀을 해체한다는 뜻입니다.

미인폭포
이창식 시집

문학저널

또 서시(序詩)

가만히 마음을 모아 기울이면,
시시때때로 오는 바람 놀이시를 담으리라.
마음 깊숙한 곳까지 와닿는 게 보이면,
나무숲이 주는 다르마 별시를 만나리라.
하늘과 땅, 사람을 겹쳐 사노라면,
어루만지고 보듬고 다리듯
마음챙김의 여기,
시샘(詩泉)이 앞다투어서 보이리라.
또 거기, 인문 꽃시가 마음껏 피리라.

2021년 6월 초여름 이창식

차 례

또 서시(序詩)

제1부_매미론

해녀아리랑 ·14

매미론 ·15

짝 ·17

밑밥 ·18

심우성전沈雨晟傳 ·19

시요리 ·20

막사발 사뇌가 ·21

홍명희가 보낸 편지 ·22

단풍놀이 ·23

불개 ·24

지전춤 ·25

독도유언 ·26

한글파발 ·27

놀이하는 천재 ·29

청슬재아리랑 ·30

사발통문—신징비록 ·31

제2부_고래사냥

미인폭포 ·34

맹방별곡 ·35

미조리아리랑 ·37

마작 ·38

고래사냥 ·39

눈물론 ·40

떼불놀이 ·41

책곳간 꿈 ·42

장마 ·43

천년 바다를 춤추게 하라 ·44

운남아리랑 ·45

숨바꼭질놀이 ·46

시산여정詩山餘情 ·47

매가리아리랑 ·48

알토란 ·50

최치원연구 ·51

제3부_춘매

징강산 그림절 ·54

춘매春梅 ·56

서산마애불 ·57

길상사 보살행 ·58

고기 한 점 ·59

땅설법 ·60

정라진아리랑 ·61

겨울 분황사 ·63

바이러스 ·64

하늘재아리랑 ·66

별방택배 ·67

어머니 관음사뇌가 ·69

장락탑 ·70

소설박물관 ·71

풍도바람꽃 ·73

각시론 ·74

제4부_김홍도 춘화

만산고택 ·78

하롱베이 사뇌가 ·79

산수유마을 ·81

연 날리기 ·82

눈모자 ·84

김홍도 춘화春畫 ·85

삼대목三代目 ·87

마늘아리랑 ·88

청동북론 ·89

메 ·90

꿈틀꿈틀 ·91

해양실크로드 ·92

뚜벅이아리랑 ·94

비양도 어머니 ·95

꽃절 ·96

연장론 ·97

제5부_락아리랑

상사화 ·100

락아리랑 ·101

헌책 사뇌가 ·102

나침반 안부 ·103

지문 보고서 ·105

벼룩시장 ·106

선묘 ·107

제주동자석아리랑 ·108

맹그로브 쪽배 ·109

네팔아리랑 ·110

열목어 사뇌가 ·111

혜초 다시 보다-장한사뇌가 ·113

감 ·115

답안지 ·116

다담골아리랑 ·117

십리도 ·119

◆시론

동일성 은유론 / 이창식 ·121

제1부
매미론

해녀아리랑

한 여자가 바다 장막을 빨랫줄에 널고 있다.

전복 잠시 꿈틀거리자

이중섭아이가 보챈다.

돌담 너머 밭 가운데 동자석 한 쌍

그 사내를 깨운다.

한 여자가 젖을 물린다.

바다가 올레를 따라 걷고 있다.

한 여자를 끌어안고 꿈틀꿈틀했을 사내

빨랫줄에 머리조인 채 문어로 널려 있다.

팽팽해진 해안선,

변시지* 바람처럼 숨차게 달려온다.

조천리 43번지 찍은 흑백사진 한 장.

*변시지(1926~2013): 폭풍 화가.

14

매미론

매미가 운다.

폭염

마른벼락 치듯

불꽃처럼 확 운다.

울지 못한 어둔 시간 돌려달라고

지독하게 운다.

덩달아 불볕더위 뭐 그리 탓할 일이냐고

악다구리로 운다.

진창에서 나와 노는 것만이라도

매미다움이라고

밑줄 치면서 운다.

밑줄에 매달려 사는 이들

그제사 진정 운다.

목빼며 남루의 껍질도 좋다며 운다.

폭염에도

서로 휘어진 등 기대며 운다.

저기 폭염 길바닥 밑줄 따라

아주 느리게 폐휴지 등에 지고서
울음꽃 뿌리며 죽으라 운다.

짝

꽃길, 꽃집에 사는 둘
시도때도 없이 붙는다.
붙어서 꼼지락꼼지락
좋다고 소곤소곤
꽃술 깊게 넣자 꽃대가 더 선다.
꽃 한 송이 꽃잎 하나 그 속에
별로 총총 소리낸다.
장뇌삼 집, 삼밭에 사는 둘
달력도 잊어버리고 붙는다.
붙기만 하면 꼬무작꼬무작
최고라고 옹알옹알
조개샘 깊게 넣자 삼대가 빨갛다.
삼뿌리마다 산기운 받아
더욱 실하게 삼삼하다.

밑밥

밥 먹자 한다.

따슨 밥 한 그릇에

태풍전야 올방개묵 곁들여 밥 먹자 한다.

쳐다보기만 해도 배부른 애인이 있다.

더욱이

그 애인 폭풍눈 몰고 오듯 밥 먹자 하면 미친다.

사노라면 미쳐서 숟가락 춤추면 좀 어때서

백세 청년 김형석 철학자도 연애하고 싶다 하듯

폭풍 속 밥 먹자며 밥상머리 마주 대하고

보리굴비 찢어 올려 애인 입에 넣어주면 미친다.

손 떨려 침 꼴깍하면 뭐 어때서

큰 바람에 밥풀 조금 날리면 어떠랴.

저기 대문 옆 밑밥 한 그릇과 한 켤레 구두.

심우성전沈雨晟傳

한 사람이 가자 사물박물관 한 채 무너졌다.

부고밖에 없는 매듭

인사동 술판에서 만난 눈매

공주민속극박물관 놀음판에서 본 몸짓

아리랑 넋전판에서 찍은 저승 문턱

학회 담론장에서 보인 고집

더구나 마지막 목계제머리마빡 시늉

한 사람을 말하자 쌩 춤박물관 또 한 채 무너졌다.

탈도 말도 많은 한 세상 극락박물관 미리 짓기 쉬
운가.

한 사람 없는 인사동 시가연에서

애써 속내 감추고 또 한 사람 무게 있게 오고 있다.

한 사람 지워진 자리에 일어서는 남사당박물관

어마어마한 위풍으로 오고 있다.

시요리

시래기詩來記를 붉은 헌책방에서 샀다.
오다가 우족友族과 좌파도 샀다.
돌아와 셋을 솥에 넣고 푹 고았다.
전화가 왔다. 시래기 돌려달라고
또 전화가 왔다. 우족 다 먹었냐고
때마침 현관문이 열리고 택배란다.
노시인의 못통이 배달되었다.
그 사이 솥뚜껑을 열자
몽땅 쫄고
시누렁지가 누웠다가 빳빳이 섰다.
시문패처럼
이내 꺼내 벽에다 시인집을 걸었다,
연거푸 맨손으로 못질하며.

막사발 사뇌가

선산 이장하면서 나온 막사발
내 서재에서 숨 고르고 있다.
9대조 할아버지 몸인냥 앉아
슬쩍 책도 읽고 말도 건다.
세상 물정 묻다가 갑자기 웃으며
왕조에 매인 척 살던 날 떠올린다.
가선대부 시절 탄핵 사발통문 돌린 덕에
금강송 칠성판에 나란히 누운 이야기.
볼수록 품이 나서 색이 나서 어루만지니
금세 나란히 책장을 넘기고 있다.

홍명희가 보낸 편지*

도반 시 혁명 재미있지요.

큰 세상 만드는 것과 임꺽정처럼 촛불 드는 것

둘 평등이 하나요, 그렇지 않소.

붉은 리스트가 담쟁이 손처럼 녹슨 장벽에

당신의 접시꽃을 피웠다지요.

도반 시 적색 청산 지켜보고 있지요.

당신의 문 안팎에 어둔 그림자 드리워

손톱 밑 후벼파듯 아리오, 그렇지 않소.

교실 속 순수 기개 어디로 갔소.

당신의 심장에서 피던 접시꽃이 시들고 있소.

도반 시 감격통일 눈부신 듯 하지요.

나도 한때 선을 넘어 당신처럼 영웅이었소.

석류의 붉은 알로 혀끝의 전부를 뱉으며

죽창 같은 완장을 차고 으시대었소.

아하 색채의 상생, 다시 처음처럼 깊이 일해보소.

*소설 임꺽정 작가인 벽초 홍명희가 쓴 자필 편지가 108년
만에 그의 고향인 충북 괴산 땅으로 돌아왔다.

단풍놀이

그대 가을잔치 총총 초대받다.

붉은 골 단풍물*에 가슴 차오르다.

찬사가 마음 지줏대라고 말하자

이내 색그릇마다 정갈한 정성 차려지다.

연신 배부르다며 노랗게 웃다가,

꽃보다 하늘에 가까운 단풍잎이라고 일갈하다.

그대 깊은 데 저절로 이르자

줄줄 가을말이 흘러나오다니.

그대 있음에 썩 즐겁게 물들다.

손잡자 가을문양이 타투가 되다니.

* 제천 피재골

불개

이사부가 우산국에서 데리고 온 전리품,
불개와 풍미녀
불개는 바닷불만 먹는다.
검불(烏火)개라고도 한다.
지금도 오화리산성에는
불개가 바다를 향해 짓는다.
붉은 떼끼지로 담근 불술을 즐겨 마신 이사부
불개가 등구자 오십천 육향산에 줄불 띄우다.
사자선에서 풍미녀와 불놀이
불술에 거나하게 취해
나 죽거든 불개 새끼들과 함께
떼배에 태워 동해에 띄워달라고 하자
어느 해부터 검쇠(烏金)를 단오신으로 모시다.
그 후 삼척 불개는 살대를 돌며
수릿날 붉은 수레살 떡만 먹고 산다.

*불개: 원래 경상도 일대의 토종견

지전춤

깊은 강물에서 나온 호피석처럼
춤눈*이 솟구치고 미치도록 솟구쳤네.

맞댄 강문에서 버틴 진또베기처럼
세상 여는 타임캡슐 매향**이었네.

파도와 억겁을 싸운 촛대바위처럼
온몸 틀어올려 발끝***으로 움직여 세웠네.

  *이애주춤
  **최승희춤
  ***무강(舞江)춤

독도유언

수사법으로도 사랑을 하지 마라, 폭발시켜 다오.
말잔치로도 자랑을 하지 마라, 발파시켜 다오.
섬 폭죽놀이로 데리고 놀았으면 이제 지워다오.
나 더는 대동여지도에 있고 싶지 않아 싹 지워다오.
추념장*도 마련하지 마라, 동해에 그대로 확 날려
다오.

발뿌리 담고 억 만년 살아온 나의 수모 모른다 잠
못 이룬 날 셀 수 없다 누군들 대들지 못하랴 속 끓인
밤 모른다 왜 왜 탓으로 울음 운 날 벼락 치고 넋 잃
다 왜 바다꽃이 될까 맨날 태풍으로 씻다 해인海印의
아래 아 점(·)섬으로 피어난 관음보살 화신인데 왜 칼
날 간 날 피울음 그게 용암이다 그게 용안이다 물 속
깊은 데서 억 만년 솟아 머리 내밀자 지들끼리 난리
야 묵언수행도 억 만년 찰나야 폭풍 물살 장마 파도
맡겨 살아온 나의 황금철학 누가 알랴 녹고 부셔져
억 만년 잠신을 다시 부른다.

*독도박물관 등

26

한글파발

띄우다, 그대 맘 조각조각
탓하랴, 조례인사 순간순간
띄우다, 그대 붓날 술술
베이랴, 눈물나라의 색감
어머니배 둥글게 만든 내 몸
조금씩 부풀자 아으이 응응
발음기관 따라 글자 옹알옹알 튀자
이름 지어 세상에 파발 띄우다.
어머니 자궁 속마다 새겨진 활자획,
나인가 한글인가 세종인가 미래학교인가.

글이다 꽃글이란다 넋전풀이로 글길 닦다 나비춤
따라 온통 획 데리고 놀기가 버겁다 철든 세종이 웃
다 세종 키즈가 씩 웃다 한글학교 마당 용선 띄우자
어기영차 어허어허 잘도 흔들리다 한글 말모이 생애
를 적다 조선 한지 바탕에 봇물 터지듯 쏟아지는 깨
알 글자 그게 춤을 추다 그게 용용 놀다 그게 글쇼를

벌이다 그게 글도 길이를 키우고 몸통 늘이다 그게
스스로도 놀다.

놀이하는 천재

여자의 일생을 호미로 후비다가 밭고랑에 자고 있
는 중,

소설 안 인물들 땅에 자꾸자꾸 묻자

푸르게 풀로 다시 저마다 이야기 얼굴 달고 나온다.

토지에는 해울음 달설움 번벅되어 박물관으로 온다.

여자의 일생을 돈으로 세다가 취병리 진밭에 놀고
있는 중,

소설 안 춤사위 땅에 휘리릭 뿌리자

시원하게 수련으로 저마다 노래 민낯 들고 나온다.

토지에는 노을빛 무지개색 덧칠되어 기념관으로
온다.

박경리박물관에는 그녀가 몰래 출타 중,

그녀가 준 메밀씨앗 뿌려 메밀 시를 가을걷이하는
중.

청슬재아리랑

사슬치에서 태어난 인강,*
봄날 푸르른 인연 따라
여기 청슬재에서 길을 열다.
영월박물관고을 또하나 그림박물관
청슬재 이름으로 환하게 문을 열다.
여기사슬치 마을 천 년 붓을
인강의 마음으로 오래 새기리라.
오늘 청슬재 문 여는 날,
인연의 가치를 같이하며 박수치다.

*仁江 신은숙 화백

사발통문 — 신징비록

일본에서 날아온 점자편지

살려달래나 봐달래나 죽여달래나

어설픈 선장 고집에 파도 솟고

간양록, 일동장유가를 다시 쓰고

피에 저린 코, 소금에 녹은 귀, 조선의 좆

보이지 않느냐고 들리지 않느냐고

독한 깃발 다시 걸리자

붉은 편지 속에 왜란이, 합방이 미쳐서 웃는다.

독한 아리랑 다시 불러대며

시퍼런 칼날, 한 치 높아진 물결 벤다.

제2부

고래사냥

미인폭포

미인폭포 대면하면 그대 다시 보네요.

멋지네요, 힘차면서도 곱네요.

머리 잘 빗어내리며 가슴에 꽉 안기던 그대

천상천하 통틀어 쏟아졌던 그날 그 저돌 이후

맨날 그 줄기 땜에 줄기차게 바다를 꿈꾸네요.

미인폭포 등목하면 그대 사랑 시원하게 느끼네요.

넣어요, 하나 돼요, 절정감이에요.

순간의 물폭탄 타래줄로 서서 나를 맞던 그대

막상막하 다모아 내리꽂던 그날 그 눈빛 이후

허구한 날 그 물길 땜에 오십천 이어 동해를 그려요.

맹방별곡

매향방埋香房 이름에 유채꽃 붙다.
연화, 미선, 명화, 금순
밥숟가락 끝에 올려보면 유년의 그리움
잘도 날라가 꽃나무로 살다.
매향방 이름 좀 촌스럽게 맹방 하면
복업, 선택, 용표, 성재
호롱불 코콜 부쳐서 유년의 그림자
다투듯 너른 솔밭 솔별로 뜬다.
고래불 맹방조개 맹방고추 캐는 유년학교,
야광골프 원샷을 모래불 바닷길 따라 치다.

바닷물 모래고랑 조개 천지 자맥질에 찰랑찰랑 수
제비 뜨다 유채밭 속 향에 쪽파꽃도 끼고 밀서리, 감
자서리, 수박서리, 사과서리 모래밭에 묻고 별을 헤
다 야생의 눈빛 그렇게 알록달록 조갯살 먹고 소먹이
며 풀피리 불고 책보에 도시락 향, 언덕 밑 햇볕 아래
서 까다 연화 쪽댕기, 미선 분홍스카프, 명화 양철벤

35

또, 금순 까만쫀대기, 복업 쥐고기내음, 선택 마당고
추빛, 용표 울타리앵두, 성재 군대건빵 우르르 쏟다
지다 딱지들 쏟아지다 동백꽃 피는 동백산만큼 작아
진 마을 지워지자 여러 새길 나고 있지만 심방 가는
길섶에 쉬고 계신 진인탁 시인처럼 허나 아직도 맹방
옛길 처마에서 노래 숙제하는 중.

미조리아리랑

바다끝 아름다움 떠올리면

남해 애인, 선한 얼굴,

미조리항 물색과 겹친다.

공들여 박음질한 스승명찰 달고

교실마다 남해하늘색으로 물든 날,

38년 6개월 초심初心* 지금도 바람 분다.

그래서 참 올곧게 살아낸다.

징금다리 건너듯 사이마다 바람불어도

중심中心 잡고 잘도 살아낸다.

폐선 묻고서 새돛 바람 세차게 불어도

남해 넘어 큰바다 큰길 살다 보면

노숙하게 진심眞心 다해 녹여낸다.

*김동성(金東成)

마자

손끝에 닿는 묘미
수그림싸움 글자 애무하며
집중공략 또 감칠나게 선다.
맞추자 이내 열꽃이 핀다.
다그닥사그닥 딱딱
손맛 쪼이는 현묘
장자가 놀고 노자도 끼어든다.
아등바등 상대를 훔치는 대들음
정면충돌 일보직전에 패를 내린다.
손과 손, 전율의 불이 팍 들어온다.

고래사냥

고래밥 아시나요.

울주반구대 고래를 위해 큰나팔 불다.

그물이 아니라 작살로

때론 큰자지 부풀려 잡는다.

고래굴 아시나요.

울주반구대 고래를 위해 큰딩각 불다.

뱃머리 맞대고서 손뼉으로

때론 큰조개 오므려 잡는다.

고래줄 아시나요.

울주반구대 고래를 위해 큰북 치다.

후리그물 휘두르고서 소리로

때론 큰방귀 벼락쳐서 잡는다.

눈물론

김익하 소설 한 줄 읽다가 순간 눈물샘을 보았다.
그녀의 옹달샘에는 늘 내가 웅크리고 있었다.
그 눈물에는 피가 어려, 피눈물로 짙게 찍혔다.
그 해 그 죽서루 난간 그 마른 눈물자국,
내 눈물 떨구자 불어나 나비가 척 되었다.
김익하 소설 거듭 읽다가 눈물샘을 척 마셨다.
그녀가 내 안으로 와 나를 흔들고 몹시 흔들었다.
세월 지난 부피만큼 루 현판 나비날개 자국,
내 진물로 닦자 신통방통 시비詩碑 하나 척 섰다.
김익하 소설 한 줄 읽다가 시詩샘을 다시 찾은 셈
이었다.

떼불놀이

그 바다 그 강물 떼불놀이 끝낸 시간
눈떼가 온통 가득 덮자
묻힐 줄 알았던 스승* 발자국 보이다.
눈이 조금 살짝 녹자
제자 발자국 덩달아 남다니.
눈 속에도 꿈틀꿈틀
발자국 솟아 피어나다니.
눈밭 따박따박
스승과 제자 드디어 떼굴떼굴 웃다니.
바다로 간 스승, 강으로 간 제자
멱라강 굴원 떼불 폭죽 아래서
둘이서 숙연하게 붓으로 제문 짓다니.
눈떼 여전히 둘 발자국을 지우고.

*이종찬

책곳간 꿈

초년병처럼 먹따는 역병처럼

막다른 절벽 위에 서기처럼

예전 도계탄전 막장인생처럼

더 나아갈 곳 없고 마스크 쓴 지경에서

책에 미친 나를 그려본다.

페이지마다 나 박수로 격려해본다.

나답게 다시 서려는 나를 살펴본다.

책 까마귀 떼 속 나.

해지고 달뜨는데 책 쓰는 일,

겨울 가고 봄 오는 날에도 책 읽는 일

가을 책곳간 냄새 맡던 일

눈 오는 날 책꽃잎 기다리는 일

책농사,

세상 일이 보이지 않던 까마귀 떼의 글 손길,

다시 입대병처럼 허둥대는 나를 끌어당긴다.

아, 책바보, 시책詩册박물관에 빠진다.

장마

또 비가 지독하게 내려도
문안마을에는 늘 냄새가 진동한다.
좆내 봇두덩냄새로 울렁거린다.
비대면 여름 절정 아랑곳하지 않고
태풍은 아름다운 이름 하나씩 달고 방문한다.
문안마을에는 서로 평소 장미밭에서 해죽대다가
자주 달맞이 강둑에서 서로 물수제비 띄우다가
순식간 태풍 장마가 마중물처럼 이들을 덮친다.
누구는 치매처럼 장마와 장미를 착각하고
더러는 태풍 이름조차 지우며 딴짓하고
간혹 본인이 태풍의 눈인냥 불안하다.
문안마을에는 그래서 똥탑만 여럿 있다.
드디어 해일 넘쳐 촛불탑 씻어도 말짱 도루묵이다.
그래도 장마가 석 달 여흘 더 내리면 좋으련만.

천년 비다를 춤추게 하라

나는 바다 춤꾼을 감성등대에서 노려보고 있다.
경륜(競輪) 그물을 한 코 한 코 기우며,
과연 천년의 바다에서 설욕할 수 있을까.
이사부 축제장 가는 포구에서는
그녀는 천년 상등품이다.
춤꾼답게 지전을 날려 뱃전에 붙이고 있다.
몸을 사진 찍어 지전 삐라를 날리고 있다.
그런데 산등성 감자펜션 숫총각 노려보자,
놀랍게도 천년 허물 다시 벗고 있다.
알몸 속살로 느릿느릿 바다장막으로 걸어 들어가
파도 끝자락 부여잡고 높디높게 춤을 추고 있다.
바다 경륜 이번에는 멋지게 설욕할 수 있을까.
유년 뜨락 잡지 못한 경륜 고래사냥,
꿈에 본 수로부인 납치했던 동해용 사냥하듯이
세상에서 가장 큰 고래심줄 같은 동척주해비 흔들며
나는 경륜 곤쟁이사냥 정말로 설욕할 수 있을까.

운남아리랑

신화의 길에서 참삶을 읽었네.
강물 줄에 매달려 생사의 균형을 보았고
머리사냥 의례 맥락에서 종교의 화소를 찾았고
어머니 기도소리에서 영성의 유전자를 찍었고
팔십 생애 신화학의 목숨론에 방점을 그렸네.
더구나 소수민족의 오래된 지혜 발로 누비었고
동행했던 운남성 마을의 얼굴들과 겹쳐 보였고
나라 경계를 넘어서 살가운 눈길로 어루만졌고
이자현*, 이름 석자로 신화박물관에 높이 새겼네.
신화의 길에서 새삼 삶의 장엄을 깨닫네.

*이자현(李子賢: 1938~2020) 중국 신화학자, 운남대 교수

숨바꼭질놀이

꼭꼭 숨어라 꼭지꼭지 보일라.

곡두 보균자인데 서로 숨는구나.

유전자 눈이 사람 뇌관을 파먹는구나.

확진자가 눈에 보이질 않았으니 너 술래다.

거리유지 문자를 받고도 나 술래다.

모두모두 화들짝 놀라도 꼭꼭 숨는구나.

서로서로 탓하며 거센 작살비에도 숨는구나.

불타는 가마솥 폭염에도 감추는구나.

덮어 씌우기 하자 기승을 부리는 괴물유전자

휘얼휠 잡아라 미사일보다 잽싸게 잡아라.

잡아서 김칫국물 장독에 처넣어라. 곡두 꽁꽁

시산여정詩山餘情

시숲 가는 집*

누가 지킬거나

시가 자라는 밭

누가 또 갈거나

목비木碑 있는 길

누가 자주 누빌거나

가곡천 탕곡 끓어우는구나.

시산詩山 그림자

온천새가 꺽꺽 지우는구나.

*이용대 시인집

매가리아리랑

길을 가다 보면 머리 깎아야
정말 길다운 길이 보이다.
깎아보면 안다, 매가리*가 일다.
가을날 선산 삭발하듯 깎아서
진정 한 세상 마음길 열다.
깎으니 매가리 생겨 다시 힘차게 가다.
깎아보면 잡히다, 갈등의 빙점
최극도로 끓어넘칠지라도
깎듯이 지우고 또 지우고
매가리 앞세우고서 가치를 같이하다.
가을 시린 날 다시 챙기다.
깎아서 결기 다지듯 매가리가 튀다.
폭풍 대립 등터지는 찰나
절대 목숨처럼 절명 혁명처럼
자존 머리 깎아서 미래 만들다.
다르마**의 길, 삭발수행에 있어라.

*매가리: 맥아리. 힘센 동물 또 힘 자체. 그 외 전갱이라는
물고기 일종.
**다르마: 자연과 사회의 조화를 이루는 질서체계를 지키
려는 규범과 의무.

알투란

물폭탄 바람폭탄
지나간 뒤뜰 가장자리
가장 후미진 담벼락 아래
끝물 가지에 다닥다닥
환호 환성 환청이다.
거푸 걸어놓은 불볕 잊고
매달린 너.
이제사 가을볕을 보겄다.
신의 한수 놓은 지점
용하게도 꼼수로 살아낸 눈빛.

최치원연구

아버지 꿈 안고서 양주에서 흘린 눈물꽃,
여기까지 오며 쟁쟁한 그대 눈빛 만나보리.
그대와 함께 다시 고향 신라의 인연 맞이하리.
그대 시 부르고 난 노래 거듭 지으리.
그대를 양주 대명사* 법마당에 불러내리.
그대 마음에 안겼던 두 여인,** 신라 상인까지
전생 하늘 한컨인 듯 아득한 얼굴들 모으리.
강남땅, 운하처럼 흐르고 싶어라, 그대 근기여
불법승 감진화상과 더불어 대명사 대웅전 앞에서
풍류객 몸으로 그대와 땅설법***에 취하고 싶어리.

*중국 강소성 양주 대명사(大明寺 : 2019.6.30. 방문)
**쌍녀분(雙女墳: 2019.7.1. 방문)
***안정사 다여스님 선재동자구법기 등

51

제3부
춘매

징강산 그림절

징강산 경묵헌*에는 오래된 그림절 짓고 있다.

묵향墨香이 착착 번져간 진탕길에도

눈물꽃 그림꽃 무영탑 피어놓고 있다.

가슴에 묻은 천둥 한 자락

저 장강 붓뗏목에 띄우고서 무던하게 공들인다.

녹이고 또 녹이면서

꿈결 묵마을도 고난행군에 지워지고

잠깐 다녀간 화선지 속 청풍강,

징강산과 겹쳐 바위절 정방사 부처로 그려지고 있다.

하늘 공책에 적고 싶은 낮달 사연

선선, 색색, 점점 날리고 있다.

천만 봉우리, 갈래갈래 넘쳐흐르는 물마다

화필 한 자루에 팍팍 찍힌다.

장시성江西省 징강산 경묵헌 탯줄에는

붓절 탑그늘 만리 끝

민구스럽게 배 띄우고 유당달마가 선재동자마냥

웃는다.

*유당 류시호(酉堂 柳時浩) 화백의 중국 징강산(井岡山)대
 학 연구실

춘매春梅

봄 속에 눈발 날리다.
하늘길 아래 태백산사고太白山史庫 지킨 절*
춘양목 대웅전
고요에 춘매春梅 젖다.
적막에 다르마 화두를 더디게 놓치다.
춘양목처럼 살아 빛나고
죽어서 누리집 불모佛母 빛내고자
저토록 장엄 기둥 되다.
왕조실록 공들여 실려오듯
미인송 황장목 이름 달고 명당터로 자리하다.
원효 초심의 절,
불, 불로 지워지고 거듭 세워지고
다르마 발심 다시 벙글다.
늦봄 절마당
춘양목 결을 타는 붉은 매화 바라보며
드디어 문발文發 여의주
내 속에 둥글게 빛발 찾다.

*각화사(覺華寺) :「봉화군태백산각화사중건기」에는 신라
 문무왕(661~681) 때 원효(元曉)가 창건하였다.

서산마애불

단절의 생판 이름에는
사이사이 별방애인 도반의 길이 있지만
직접 대면 못하는 아픔,
그럴 때마다 서산마애불 백제미소 떠올려 보라지요.
여전히 청암* 화두에도
듬성듬성 이가 빠져 아쉬움의 대목이지만
어쩌다 절벽 보다가 잠시 혼절,
그럴 때마다 반가사유상 신라미소 지어 보라지요.
법성게 불통에서
숲왕 한철웅** 선재거사의 회향이지만
정우 스님 오판의 기억,
그럴 때마다 석굴암 화엄미소 새겨 보라지요.

*청암(青巖) : 강원대 전 대학원장 김의숙 교수
**한철웅: 최고 독림가(篤林家)

길상사 보살행

초여름 길상사 진영각眞影閣 앉아
법정스님 생시처럼 만나다니.
부싯돌 찰라 부딪치듯
눈매로 사회적 거리를 지우다니.
마당 울타리 초록연草綠緣 달고
내 눈빛 따라 스님 눈매 움직이다니.
마음 먹붓 따라 꿰어진 법안法眼에
도반 애인도 초롱꽃등 달다니.
더구나 초여름 대낮에
절마당 최종대 석쟁이가 화강암으로 빚은
관세음보살상 애인 눈매도 닮다니.
초여름 물든 수채화 뜨락에서
눈매도 안으로 피어남이란 걸 깨닫다니.

고기 한 점

식탁에서 밥을 먹는다. 한켠에

티벳 산정 천장天葬 그림이 있다.

그릇 속 고기 한 점 독수리마다 서로 챈다.

한 점 더 먹기 위해 스티브 잡스도 달려든다.

어둠 속에 갇힌 혀, 히포크라테스도 마찬가지다.

유심히 노려보는 눈, 여전히 불꽃이다.

살점 내어놓고도 태연한 척

본인의 임종임에도 독수리를 데리고 노는 날,

식구들 그릇 속 고기 한 점 찾기에 혈안이다.

들락날락 휘적휘적 천국의 무게

독수리의 무게 잴 수 있을까.

한 점 고기가 전부인냥 목숨 건다.

나도 그렇다.

땅설법

스님*은 솜씨 좋게 선재동자를 불렀다.
수월관음도水月觀音圖 관음보살 발끝에서 속삭이듯
참관자들 발을 하나하나 씻어주면서
퍽도 능수능란하게 말잔치로 세상 불을 밝혔다.
내 마음 발끝 때를 뭉개뭉개 벗겨내자
아버지가 토닥토닥 절마당에서 순장바둑을 두었다.

스님은 입말 좋게 목련존자를 불렀다.
관경변상도觀經變相圖 지장보살 손끝에서 노래하듯
동반자들 손을 하나하나 씻어주면서
잘도 무불통지하게 모꼬지로 그림자 등을 돋우었다.
내 마음 손끝 때를 한켜한켜 걷어내자
어머니가 덩실덩실 절마당에서 타령춤을 추었다.

*삼척 안정사 다여: 초파일 땅설법(2019. 5. 12.), 우란분절
백중 땅설법(2019. 8. 15) 공연.

정라진아리랑

당신*의 집에는 정라진 사랑방 그림이 있다.
바다 보이는 집 뜨락에 눈발 내리고,
이사부 사자떼불 띄우고 허목許穆 붓을 놓고 가다.
어판사람 마카 분주히 미래를 흥정하는 바다마당,
당신이 손수 곰치국 끓이면서 화롯불에 오징어 굽
는구나.

당신의 책에는 실직국의 유전자가 박혀 있다.
자화상 흑백사진 속 바닷바람 눈비 섞이고,
기줄다리는 소리, 해가海歌 부르는 입들 찍혀 있다.
삼척사람 마카 육향정 올라 독도를 부르는 날,
당신이 정갈하게 앉아 아직도 원고지 행간 채우는
구나.

당신의 길에는 해양실크로드가 살아 있다.
오분고성 비탈길 초봄 꽃샘눈 당신 눈물처럼 녹고,
오십천 강물 따라 고래울음, 가자미 식해食醢 삭고

있다.

　정월대보름 황닥불에 모인 손님 마카 노는 축제,

　당신이 흡족하게 서서 만선 깃발 힘차게 흔드는구
나.

*김진원(金振元: 1911~1996), 삼척 향토사학자

겨울 분황사

아버지 원효가 든든한 버팀목으로 살다.

어린 나무 설총 제 구실하자 적멸로 떠나다.

아버지시여 부르자 돌아보는 얼굴,

당신이 흡족하게 서서 만해깃발 힘차게 흔드는구나.

그 얼굴 미소 빚어 분황사 우물가* 옆에 모시다.

큰나무 천 년 도천수대비가 외며

여일하게 탑을 돌고 있는 나,

또 내가 설총처럼 이두를 차곡차곡 풀자

원효 무애타령 우물 깊이에서

처ー음병 동행한 도반들 더불어 웃으며

종소리 두레박으로 여엉차 영차 길어올리다.

*'호국삼룡변어정(護國三龍變漁井)'

바이러스

김진명 소설 읽다가 너를 만났다.

마침 혼밥 먹다가 소설 속에 갇힌 너를 먹었다.

다행히 뼈가 없어 걸리지 않고서도

너를 잘 데리고 놀 수 있었으나, 우한 이후

네가 지구의 최적最敵이 되다니

우선 마스크로 너에게 저항하고

너를 박멸하기 위해 계엄령을 선포하다니

백신이라는 이름으로까지 너와 대면하다니

너 땜에 평소 길이 사라지고

너의 기생감寄生感 탓에 새로운 역사의 돛을 올리다
니

너로 인해 여행과 연애의 가치를 다시 알고

너의 광고로 사랑 택배와 인공 괴물과 접속하다니

너 너 지독한 경고등 끈질기게 켜다니.

하지만 나도 만만하지 않으리라,

너의 정수리에 테스형을 꽂으며 결코 죽지 않으리라.

너에게 데일까 K—아리랑을 부르며 두려워하지 않

으리라.

　나 박쥐 또, 한 줄의 서정시로 너를 몽땅 지우노라.

　하지만 너는 미키마우스 페스티스인데.

하늘재이 리링

하늘재(峙) 알토란 터전
한가위 달 떠오르자 번지는 반가사유상 미소,
자리한 영가靈駕, 다들 미소 넉넉하다.
마꼬보살 부부,
공양하는 두 손 모아서 더욱 대보름달 닮다.
사연 실타래 풀어주고 웃고
저마다 파란의 뒤안길 닦아주고 웃으며
다라니 구음口音에 가을벌레도 불성 입다.
과일 익어 차례성찬
올벼 익어 보름송편
잔 올리는 두 손 지극하여서 무척 환하다.
하늘재齋 성전에는 떠나서부터 가을부처 되다.
저마다 부처길 시조경時調經을 읽다.

오늘도 더도 덜도 말고서 그냥 놀아
어제도 가물가물 하듯이 그냥 잊어
내일도 마냥 웃다가 공들이며 그냥 가.

별방택배

별식구 별방에 옹기종기
그 사이 몰래 다녀간 흔적
그대로 꽃별로 옆에 즐비하다.
누가 보낸 주소도 없이
별꽃씨를 그나마 찍어둔 게 다행.
사랑은 늘상 안개 속인데
이심전심 첫연정 순식간 빗나감,
그래도 아직도 기다리는 중.
아뿔싸 시간 점묘, 푸른 담장이 되었구나.
비릿 처녀성 무너진 날 스승 별 지다니.

불 꺼지자 솟은 별들 합창 별 흐르는 하늘물 돌아
본 얼굴 씻고 다시 손 내밀 때 다자란 곡식알 밭두렁
넘다 벼랑꽃인가 조개향인가 애타게 그 끝에 다가가
기 위해 몸부림치다 발끝 저려 울음 꺽꺽 놓다 피 묻
은 꽃잎 더는 울지 않기 위해 탈진하다 하나로 타오
르다가 결국 매듭짓지 못하고 인연세월 좀먹다 이심

조심 마음 수첩에 붉게 깨알 그으진 예전 보따리 통째로 택배하고 싶다.

어머니 관음사뇌가

인파 속 잃어버린 황금화두 어디 있을까.

어부그물 신라관음 붉디붉게 떠오른 참얼굴,

당신 온몸을 사알짝 만나고 싶어서

동경 아사쿠사 센소지* 한걸음에 찾았네.

세파 속 놓쳐버린 황금답지 어디 있을까.

당신 손길로 손자, 손녀 한 매듭짓기

요모조모 꼭꼭 잘 수놓아 달라고

본당에서 정성 품고 정갈하게 빌고 빌었네.

어머니, 아 부르는 그날 그 찰나

관음당신의 너른 마당 다시 쓸고 닦았네.

*아사쿠사 센소지(淺草寺) : 동경 어부연기담의 절, 고려
혜허(慧虛)의 「양류관음상 楊柳觀音像」 있음. 2019. 1.
10. 답사.

장락탑

탑에서 그냥 내려와, 모두 편하리라.
어쩌다 탑돌 한 장 잘 못 끼운 탓에
줄초상 작은 울음에 격고문 난무하다.
안나푸르나 지존길 걸으며 다짐,
절대로 편가르지 않겠다던 애초 마음도 없었구나.

탑에서 그냥 내려와, 도반 살리리라.
세상 왜 이래 나라 왜 그래 그을린 탓에
쓴웃음 삿대질에 상소문 빗발치다.
탑광장 쭈구려 앉아 불켜서 새긴 외침,
둘로 보지 않고 하나로 읽겠다던 눈빛도 지워졌구나.

탑에서 그냥 내려와, 겨레 빛나리라.
잠시 시절 바람으로 한 눈 판 탓에
죽창벌떼 색색충돌에 선언문 내걸리다.
부메랑 없어 역주행 없어 높이던 헛소리,
찌지리 탑뱅이처럼 권좌탑만 거꾸로 세웠구나.

소설박물관

박물관에는 그가 이야기가 되어 산다.
모두들 큰문으로 기댄 탓에
줄줄이 또 다른 이야기로 살아 좋다.
흰민들레처럼 철암에서 유럽,* 남미로 퍼진 이야기,
엄청 무진무진 나온다.

박물관에는 그가 소설이 되어 논다.
글발이 반려자 그림으로 이어져
주루룩 또 다른 방각본** 명품 되어 좋다.
안목의 돌하르방처럼 탐라, 서안으로 나간 화두,
달보 켜켜이 찍힌다.

박물관에는 그가 영화가 되어 말건다.
책 속 여행달인 자리에서 빛나
살아 헌 집 고전, 미래로의 새 집*** 좋다.
자분한 말솜씨처럼 인정어린 인문유전자 영상,
세명 참뜨락에 깊게 새긴다.

*책, 권순긍,『유럽도시에서 길을 찾다』(2011)
**책, 권순긍,『활자본 고소설의 편폭과 지향』(2000)
***책, 권순긍,『헌 집 줄께 새 집 다오』(2019)

풍도바람꽃

단절과 통제를 뚫고 너를 만났다.

은행나무 땜에 너의 신음을 들었다.

복수초, 노루귀, 전호 찍고 너의 향내를 맡았다.

풍도바람꽃, 풍도대극 탓에 너를 불러보았다.

고승호* 가라앉은 이후 바다가 처음 울었다.

울음 넋으로 피어난 꽃이름,

이름 달고 역사 바다 한컨 자르면서

물거울로 세상 세상에 다시 퍼져 웃었다.

풍도여, 너의 이름만큼 섬노래를 부르며

배 검문과 감시를 뚫고 너와 함께 피었다.

*청일전쟁 때 청군 함대

각시론

간혹 나의 시에 스스로 불뚝하다.
시의 뼈와 아등바등 놀자
톡톡
등을 치며 시의 연장을 내밀다.
누군가 했더니 동주 두보 발레리 형이다.
오늘 밤에도 또 그들 별이 나의 시에 생광스럽다.
게다가 시의 살을 야금야금 발리기까지 하자
쿵쿵
마음을 밟으며 더 이상 시혜가 없는 무법자처럼,
폭풍 범벅길 뚫고 시나무를 다시 키우다.
드디어 유년 살배기 나의 시심이 나의 심장이
시―청자 그릇에 담겨 저마다 결기 소리를 얼르다.
쩡쩡

시 각시 각시방 더불어 산 날 시가 빵빵 자랐소
조―조선 천지 없는 홍성집 셋째 딸 지고지순하게 잘
도 뽐내며 깜박 10대 20대 꿈같이 자랐소 정―정말

사임당표처럼 큰스승 천상운집 올바른 가피길 살살
걸으며 늦가을 국화마냥 당당 오누이 어머니*로 자랐
소 숙—숙성된 갑년 정점 서서 이제 만천하 미인송들
더불어 만나며 후반기 기운생동 더더욱 뭉쳐 자라소.

*趙貞淑

제4부

김홍도 춘화

만산고택

나무도 잘 빚으면 빛길을 낸다.

문수산 아래 오래된 집*

춘향목 적송赤松의 은은한 붉은빛

아름드리 대들보

칠류헌 고운 완자무늬

먹빛 기와가 깨운다.

군불로 데워진 아랫목에 누운 나를 흔든다.

뜰마당 모싯대, 좁쌀풀, 꼬리조팝

젖망울 즐비하게 내민다.

춘양목 심지 같은 종부

흙으로 따끈한 도자기를 빚는다.

고등어, 송이, 은어향 서린 밥상머리도 빚는다.

그 손맛에 억지춘양

수런수런 내 마음 한 켠 글을 빚는다,

고른 춘양나무결 빚듯.

*만산고택(晩山古宅) : 만산(晩山) 강용(姜鎔·1846~1934)
 지은 전통집.

하롱베이 사뇌가

바다 위 띄운 돌작품
노을빛 장엄, 눈시울 적시다.
아름다움 베어 물고
치명적인 눈물 저절로 빼다.
하롱베이* 신화 탓에
무릎 꿇고 사랑을 처음 고백하다.
절경도 때론 울음 사랑을 부채질하다.
섬과 섬, 돌배 바다숲을 누비며
섬잔치, 장미 다발째 피는 축복
아름다움에는 눈물도 사랑섬이 되는구나.

그 바다에서 논다. 부슬부슬 여우비 스미는 바다,
어둑어둑 섬뿔마다 하나씩 호명하자 불이 들어온다.
만 년 내내 불씨가 산다. 안개 없으면 등불 오랜 속내
를 모르고 스칠 뻔하다. 분명 누군가 떨어트린 느낌
표, 내 속에 옮겨 탄다. 그 적막 바다 무게 다시 달고
내가 더 붉게 용트림한다. 만천하 순례자로 또 하나

관음 섬뽈이고 싶다.

*베트남 하롱베이, 2018. 1. 26. 세 번째 탐방.

산수유마을

띠띠미에는 봄 깊어 노란 소쿠리다.

띠띠미 철마다 색축제로 분주하다.

노랑에 물들기 위하여 꾼들이 온다.

산수천냥, 과일천냥, 명주천냥 말처럼

마을 초석 놓은 선대,*

산수유로 먹고 살라며 심은 황금나무가 산다.

그 어른 뒤태가 산수유 노목에 어울려 있다.

노란 꽃말보다 붉은 완장이 돈이 된다.

꽃은 떼거리 철철 데모요,

열매는 한철 권력의 색깔이네.

빨간 치유 약,

띠띠미 산수유 사는 보부상이 전한다.

띠띠미에는 가을 오면 빨가안 소쿠리다.

*봉화 杜洞마을 홍우정(洪宇定, 1595년~1656년) 개척.

연 날리기

1

생꼴 베이듯이 아픔도 잠시
연장이 제법 단단해질 무렵
서로 연을 만들었다.
동해 지나는 배가 이국 항구를 꿈꾸듯 만들었다.
벙어리 그대와 키득키득 웃으며
하늘 책에 환을 긋듯이 까치연을 날렸다.
그냥 띄우면 나는 줄만 알고 촐랑촐랑 달렸다.
한 연 올리고 또 한 연 올리고
엉킨 연 마음껏 하늘춤 그리듯이
결국 연싸움에 숲 웅덩이에도 빠졌다.
수화(手話)로 상형문자를 만들었다.
말보다 시늉으로 마당에 줄을 그었다.
연꼬리의 오르는 힘, 연줄로 감지하면서
벙어리 그대와 키우며 연장도 점점 무거워졌다.
연장 속에 훗날 씨앗 날리듯이
연줄 얼레 잡고 천지사방 내달렸다.

2

말간 새 다시 날리고 싶다.

새처럼 공중에 연을 날린다.

다만 줄에 매인 연 날린다.

진작 하늘에 살도록 날려주지.

아낀 연 마음껏 놀도록 날려주지.

참 자유롭게 잘도 논다.

오직 나만의 연 줄로 통신한다.

팽팽한 줄로 눈 없는 새, 멀리 날린다.

눈이 시리도록 높게 연 날린다.

새처럼 내가 날자 바람 멈춘다.

순간 연, 연줄 자른다.

뭐 뭐가 있겠어.

잠시 놓친 바람 안고 살면 되지.

돌아오지 않을 연을 그리며,

때론 나도 그대만의 연을 띄우는,

그 바람이고 싶다.

눈모자

불현듯 오다.
빵모자만 썼을 뿐인데*
그 님은

또 흔들리며 오다.
눈만 맞았을 뿐인데
그 님은

그렇게 스며 오다.
빵모자로만 왔을 뿐인데
그 님은

*권청 말

김홍도 춘화春畫

길

길 속에 꺼벙이 김홍도 그림을 그리다 배 위에서 터지는 음수전놀이 남한강 절벽에서 줄줄 쏟아지는 줄불놀이 배 위에서 홍매 백매 끼고 그리다 내 발길 내딛을 자리에는 홍합 천지다 홍매 살결 향에 눈이 녹고 백매 눈살에 시린 웃음 녹다 산꽃들이 옷을 자꾸 걸며 그림 젖집으로 오다 사타구니 송이 송송 솟고 애기똥풀 속 조개 수줍게 피다 뜨거운 피 들킬까 봐 조마조마 붓질하는 김홍도.

몸

나팔문신 김홍도 손끝에 그림 꽃잎 눈부시다 몸과 몸 열쇠와 자물쇠 내는 소리 그리다 그림 자리에서 나는 그냥 숨이 막힌 짐승 적삼을 벗기다 쿵쿵거리는 소리 파랑새 꾀꼬리 놀다 갑자기 지나가는 우렛소리 몸이 뒤집히다 내 볼기도 소리를 내다 응응 울음인가 접문 감탄사인가 무릉의 깊은 길 도원의 미친 물자락

구분없이 김홍도의 슬슬 손놀림에 창녀 기생 한량 건
달 뜨겁게 살다.

살
그림도적 김홍도가 나를 환생시키다 하늘 냄새 나
다 성전 치르는 자리 초대 자체가 기쁘고 새삼 나의
뿌리를 잊은 채 살춤을 추다 살의 잔치 눈뜨다 내 뜨
거운 진동 드디어 생기로 적셔져서 살도끼에 생목 벗
기고 벗긴 나무 불로 활활 다시 물로 살살 씻겨 흙의
생기되다 땅의 진품 내가 되어 처절하게 살기둥 베이
고 베다 옥순봉 배 위 사인암 나귀 위에서 미치도록
나는 알춤을 추다.

삼대목三代目

간혹 경주 애인 손편지로 유혹한다.
석굴암 부처 엉덩이 밑에서 나온 책이라며
이게 웬 횡재 득달같이 달려간다.
속았지롱 하면서 혀 내미는 통에 또 헛발질한다.

참말 지난 가을녘 경주 애인 전보로 나를 때린다.
천마총 수리 중 관밑에서 몰래 훔친 책이라며
이게 웬 대박 총알처럼 달려간다.
당했지롱 매롱 하는 술수에 거듭 헛수고한다.

아차 어제 경주 애인 119부르듯 오란다.
남산 용장사 밑 산굴 안에서 꺼낸 책이라며
이게 웬 특보 숨 헐떡이며 달려간다.
보고 싶었지롱 품자 향찰 밤새 허깨비와 논다.

마늘아리랑

마늘신화,

밥으로 오다.

단양 녹색쉼표

꽃피자

장다리에는 정 익다.

황토 육쪽마늘 향내 스며

장다리마을에는 행복밥 끓다.

오순도순 먹는 맛

알콩달콩 먹는 멋

단양 장다리에는

마늘신화,

다정다감으로 오다.

청동북론

개구리 북* 울려 데리고 가고 싶다.

누가 나를 힘껏 쳐 사방팔방 깨워다오.

누가 온몸 다해 나를 마구 때려 둥둥 깨워다오.

누가 여럿 같이 뭉쳐 나를 미치도록 패서 깨워다오.

내 어린 날 개구리, 신라토우 종개구리 살아 있었
구나.

놀이인 줄 알고 명중했던 개구리, 소리로 튀는구나.

죽은 화랑 대신 흙으로 구운 개구리, 소리춤으로
차오르는구나.

극한열도에 견딘 개구리북, 찢어버릴 듯 두드릴수
록 웃는구나.

펄쩍펄쩍 청동북으로 천방지축 뛰는 개구리

다시 개구리 북 울려 데려가고 싶다.

*동고(銅鼓): 중국 광서성 삼강 동족(侗族) 동고축제(2018.
7. 13−14. 탐방)

메

사촌들과 먹는 제삿밥은
경주김씨 을화乙火다.
숟가락 둘로 메를 말다가
놋젓가락 둘로 차림 알리다가
그냥
할머니 오래된 그림자 소리.
우린 둘러앉아 메를 먹다 보니
밥과 메가 같다.
밥그릇 뒤집어보자
어진 할머니의 무덤 기억도 같다.
마냥
좋아서 먹는 할머니 밥그림자.

꿈틀꿈틀

목련존자에 기대어 어머니 뵈다.

오셨네요, 곱게 빗고 오셨네요.

진수성천 상단상차림 흡족한 어머니 손길 잡다.

우란분절 세월 갈기갈기 쪼개어

하루 어머니와 대면하면서 발원하다.

목련존자 손끝, 무엇을 가리키는지 알 듯

빗소리 법우로 펑펑 쏟아지고

꿈틀꿈틀 되살아난 이야기 그림

안정사* 절마당 질척일수록

목련존자 어머니와 겹쳐 결기 세우다.

*삼척 안정사 우란분절 백중 땅설법하던 날(2019. 8. 15).

해양실크로드

고래는 늘 정라진 바다에서 울다.
고래가 길을 열자
고래사냥 사람들도 뱃길을 나서다.
고래고래 소리 지르며
고래등 같은 집을 짓고자
고래심줄보다 질긴 물길 타다.
고래가 놀다, 정라진 건너불에는 아직도
고래굴 구들에 사랑불 지피자
고래떼 돌아오다.
고래 살점 베어 물고
고래고래 노래 부르다.
고래싸움에 새우등 휘어지듯
고래고래 소리질러 보라.
고래새끼들 키우기 위해 죽서루 반구대밑
고래집을 지었는지
고래작살 날아가는 속도로 느끼다.
고래 맛, 혀끝에 올리며

고래 꿈을 다시 꾸다.

고래 가족 이따금 죽서루 절벽에서도 울다.

뚜벅이아리랑

뚜뚜바 가을볕 속을 걷다가
소리밭 행원*에서 논다.
뚜벅뚜벅 길 끝나는 곳에서
소리자락 붙들고 더불어 어울린다.
누가 하늘이고 누가 가을나문가.
소리 색깔에 붉게 스며들자
주르륵주르륵 뚜벅뚜벅
발소리 겹쳐 가을사람으로 익는다.
온통 붉은 나락에 쌀밥 냄새,
판소리 사철가 밥상머리로 듣는다.
뚜바뚜바 눈 시린 볕을 쬐며 걷다가
잠시 전라도 여자로 물든다.

*전주 한옥 행원(杏園) 카페: 주인장 성준숙 명창

비양도 어머니

시선도 간혹 나누어보라 하라.

모래와 돌을 일궈

또 다른 꽃길을 피운 아들.*

아들 마음속 비양도 어머니

모래땅도 파면 가난을 넘어

만 년 꽃봉오리를 피울 수 있다는 일침.

서로 바라보기 하고 싶거든

제주 파도도 품어보라 하라.

모자母子의 지극한 눈빛

그걸 보자 하거든

한림공원 걸어보라 하라.

구석구석 비양도에서부터 어린 어머니 손길,

아들이 그 손길 잡고서 그린 걸작, 숨 쉬나니.

*송봉규(한림공원 대표)

꽃절

태백산 꽃절*
그대 손안에 수마노탑 피다.
탑 그늘, 봄 안부 물어오자
따문따문 녹색소리로 응하다.
한 바퀴 도는 생신날,
꽃절 허공에서 탑기운 다시 일다.
아 아리 아라리, 그대가 나인 걸
절마당 종소리 꽃잎 날리자
깊게 새긴 법향 쩌렁쩌렁.

*정암사 적별보궁(淨岩寺 寂滅寶宮)

연장론

1.

숨구멍 접속하자 봄물 잡히다.

연두색 하얀 수繡 놓는 자리마다

물이 아래에서 위로 흐르다.

쟁기 대자 일어서는 DMZ

자극, 손끝으로 후비자 물줄기 솟다.

꽃망울 저마다 이름 달고서

녹슨 봄들에서 얼굴 묻고 소리내다.

수런수런 깨어나는 살동네

물건 깊게 들이밀자 옹알옹알

화폭畫幅 봄빛 몇 점 짙게 들리다.

2.

구멍을 팔 때마다 근육이 긴장하고 구멍 들여다보면 눈이 맑다 구멍 동그라미마다 자꾸 바람을 주입하면 노래가 되다 낫 쇳물로 벼리고 호미 두들겨 벼리고 철조망 녹여 종소리 벼리고 톱 달고 패고서 날 세우다 그렇게 당신의 연장은 소문을 달고 치마통 속에서 놀다 풍문만큼 당신의 보물상자에는 통일금화가 쌓이다 그걸 몰래 도굴하여 더 큰 연장을 사다 연장 들킬까 봐 장독대에 꼭꼭 숨기고 술래잡기 하다 그해 봄 아랫도리에 매화 벙글 즈음 버선 장독 열자 쟁기날 끝에는 송송 자란 살꽃 익다 드디어 흰 민들레 씨앗 옆으로 슬금땅금 태우고서 날다.

5부
락아리랑

상사화

불갑사에는 꽃부처가 산다.
잠시 다녀간 탓에
도통 대웅전 기억나지 않아
카톡사진 뒤지자 꽃부처 무더기 나온다.
어찌 된 일이냐고 묻지 말라 한다.
잠시 잠깐 눈 감은 탓에
어찌 된 영문인지 법당 부처 떠오르지 않아
카톡 메시지 뒤지자 용하게도 꽃말이 뜬다.
그 해 그 초가을
우린 손잡고 산문 들어갔지만,
그대 꽃부처 되고 아직 난 부처꽃을 부른다.
불갑사에는 부처꽃이 환하게 핀다.

락아리랑

산자락, 산을 잘라보라.
자락自樂,
연분홍 치맛자락 꽃샘추위가 살을 판다.
산자락의 소나무 색깔이 철마다 푸르다고 하지만
스스로 물어보라, 연륜의 뱅뱅 나이테.

엿가락, 엿을 잘라보라.
가락可樂,
곡예축제 엿가락 인생이 술을 판다.
엿가락치기에 밥알 구멍 내기라 하지만
미쳐서 빠져보라, 큰구멍 숭숭 헛발질.

논다락, 논을 잘라보라.
다락多樂,
하니족 다랑논, 낯선 이방인에게 삶을 판다.
한 뼘 한 뼘 논을 일구었을 땀이라 부르지만
카메라로 찍어보라, 살기 위한 부름의 응답방.

헌책 사뇌가

정인이 보내온 동의보감 손으로 진단한다.

허준의 수결이 선명해 국보답다.

한 장 찢어 진맥한다. 진본이다.

팔까 하다가 정인 탓에 내시경 속에 숨겼다.

정인이 보내온 직지활자 손으로 진단한다.

세종의 직인이 강기해 국보답다.

마지막 장마다 화인火印을 찍는다. 소장본이다.

훗날 누군가 대수술하리라 믿으며 장롱에 숨겼다.

책사랑 물기어린 별똥별에서 온 걸까.

책도 때론 책별이 되어 큰 자리를 차지한다.

나침반 안부

자궁 속에서 막나온 걸음마 천재처럼 매일 최고의
바둑을 두었다 뇌 미치도록 혈투로 혹사하였다 맞댄
돌판에서 늘 목숨걸고 싸웠다 세상 여는 타임캡슐 기
보에도 눈부시게 남겼다 게다가 싸우고 싸운 전투에
서 남겨진 영혼 탓으로 온몸으로 틀어올렸다 명치끝
치며 상대가 왼쪽 칠 때 넌지시 오른쪽으로 가는 파
동전투의 달인이 되었다. 간혹 작은 실족으로 내 안
에 성이 무너졌다 균형 파동미학을 깜박하여 생긴 대
참사였다 종양이 돋았다 바둑트로트 부르며 만보 걸
으며 그 암벽을 넘어서 바둑의 경지에 이르렀다 긴장
과 경계의 길 대결과 사회적 거리 속에서 바둑판의
나침반을 다시 보았다.

별 같은 어머니밭이 공원이 되었어요.
녹색 공원길을 걷다가
어머니 심은 개똥쑥 손짓에 흠칫
녹향綠香 공원길을 달리다가

어머니 심은 땅두릅 발목잡이에 흠칫

그런데 길을 가다 생각난 어머니 오가피 없자

내 마음 훔친 누군가 오가피 몰래 심을까 해요.

아무리 주변 살펴도 없는데

오랜 공명共鳴에 다시 나침반 안부 물어요.

시간의 층계에 오를수록 지워질 줄 알았는데

겨울 긴긴 잠, 토목의 삽날에도

애인 같은 어머니 기운이 푸르게 돋아나요.

개똥쑥, 땅두릅, 오가피 약효藥效 데리고

오늘도 마음 속 산티아고 공원길 걸어요.

지문 보고서

봉평 메밀축제에 동행한,

친구가 보어준 새집 지문으로 인식한다.

메밀꽃을 닮은,

친구 각시의 지문이 닳아 열리지 않는다.

지문도 장벽처럼 슬프게 가슴 태운다.

위로한답시고 지문도 사락사락 살아난다 하자,

메밀꽃 눈물 뚝뚝 떨어진다.

지문 무늬만큼 각양각색의 관상이 옥죄인다.

슬며시 발을 빼며

나는 흰 별 무수히 수놓은 메밀밭으로 달아난다.

벼룩시장

흑백사진 속 중고여자 빗질을 한다.

그걸 한참 째려보다가 집자 장물이다.

너덜너덜 낡은 말의 어눌한 빛

동경 빅사이트 골동박람회*

동경 우키요에**를 까마귀가 쫀다.

비루한 밥심으로 쫀다.

장물 조개 중고여자도 쪼는 듯 주시하자

춘화여자 여기 있으면 박람회 지진 날까봐

슬그머니 데리고서 빠져나왔다.

*2019. 1. 10~12. 고물박람회에 도깨비 여행을 하다.
**우키요에: 일본 에도시대(1603~1867)에 서민 계층을 기
반으로 발달한 풍속화. 우키요에의 '우키요'는 덧없는 속
세를 뜻하는 말로 미인, 기녀, 광대 등 풍속을 중심 제재
로 한다.

선묘

1
산갈치 바닷가로 왔다.
숭어떼 바닷가 마을로 왔다.
뜨거운 검객
오리라 오리라
태풍의 눈이 오고 있다.
화엄산 화산폭발 전야
거기서 멈추었다.

2
　등주 작은 소나무 처녀 선묘, 부석사 세 번이나 돌을 들다, 스승과 애인 줄다리기, 선묘는 석룡이 되어 무량수전 본존불 대좌 밑에 머리를 두고 굽이를 틀어 그 꼬리 끝이 무량수전 앞뜰 석등 아래쯤에 묻혀 있다. 참, 일본 경도 근처 고산사 얼굴 되어 국보로도 산다. 큰나무 의상 어디 있느냐 묻자 화엄산 송림 턱짓으로 가리킨다.

제주동자석아리랑

오름 산담에서 별과 노래하는 아이
까르르르 자꾸 웃는 거
사라진 한산왓 꽃과 춤추는 아이
껑충껑충 마구 뛰는 거
바람섬 끝머리에서 물질하는 아이
첨벙 쉬이 숨비소리 올리는 거
산밭 흙뎅이 도리깨질 울리는 아이
척척툭툭 조겁데기 날리는 거
아는지 어머니 산담에 확 촛불 켜는 날,
돌아이 부르자 자신을 꺼내 읽는구나.
아는지 바람도 숙이고 나무도 귀여는 날,
돌아이 놀리자 마음을 꺼내 읽는구나.
아리랑 아리랑 돌아이 아라리.

맹그로브 쪽배

거친 상황버섯 같은 흔데

그걸 싸악 치유하려면

거꾸로 그 버섯물을 자꾸 먹어야 하리.

해골절* 불심 그림과 킬링탑

둘을 하나로 보며

전쟁 지우는 기도발심 하리.

모진 상황버섯 연륜의 나이테 따라

환갑에 다시 한 살로 돌아온 여행,

동갑내기 짝들과 함께 어깨하리.

우정동행, 톤네샵 가는 길에

미래 항암 미리 마셔야 하리.

애정동행, 맹그로브 쪽배 위에

과거 헌데 딱지 떼면서 노래하리.

*캄보디아 왓트마이사원, 2018. 1. 28. 방문

네팔아리랑

안나푸르나를 직방 날다.
아들 심장과 맞대며 날다.
팽팽한 줄,
바람을 포옹한 날개,
너와 나를 이어준 줄
보이느냐 인연의 포카라 호수 거미줄
뼈대에 달린 끈에 몸이 묶이다.
행글라이더 놀이표로
안나푸르나를 나와 너가 접붙여 날다니
찌리리 옴찔 짜릿하다.
누가 이 순간을 찍을 것인가.
아들아 들리지
만년설 발광 소리
쿵쿵, 하늘에서 듣다니.
활시위처럼 당겨진 줄에 기대어
우리가 드디어 별부자가 되다니,
아들아 안나푸르나 흰길을 보다니,
그것도 훨훨 부자父子새로.

열목어 사뇌가

봉화 고선리에는 열목어가 산다.
열기 삭이듯 찬물에 산다.
참말로 천연기념물로 산다.
몸 귀한 행세로 산다.
태백산 천제단 가는 골짜기
앞서거니 뒤서거니 따라온 열목어
열목어 놀 듯 열목어마냥 걷는다.
물살의 바람이 잔눈 녹인다.
시린 물, 열목어떼 쪼르르 노는 사이
덩달아 살다 잠시 놓친 넋, 거기서 헤엄친다.

소나무숲이다. 숲 사이 물길은 그리움의 모천회로 母川回路다. 그대에게 가는 길은 아득할수록 가슴베이다. 신들의 산에 기대어 산 날들, 심메마니가 멱을 감는다. 씻을 얼룩때 엄청 많아 일급수 물고기로 환생하다. 자신을 방생하고 싶은 이들 오라. 등물하면서 장닭이 된 나무꾼처럼 찬물 한 모금 마시고 하늘

세 번 쳐다봐. 당신도 소나무 등에 진 숲고기가 되다.
하늘비늘로 천제단을 오르다.

혜초 다시 보다─장한사뇌가

불경 번역하다 깨달은 대흥선사大興善寺*,
자각대사상과 겹쳐
친견하듯 당신 다시 보다.
화산華山 기운으로 순례자를 어루만지다.
장한가 화청지 그늘 아래
여름 깊게 비 내리는데
순장고행, 진시황 흙사람 빚듯이
눈시울 맺도록 한 자 한 자 새겨 빚자,
두 마리 물고기, 신석기반파유적에서 놀다.
실크로드를 따라온 당신의 길상쌍어吉祥雙漁.

"그대는 티베트가 멀다고 한탄하나/ 나는 동쪽으
로 가는 길이 멀어 탄식하노라/ 길은 험하고 눈 쌓인
산마루는 아득히 높고/ 골짜기엔 도적도 많은데/ 나
는 새도 놀라는 가파른 절벽/ 아슬아슬한 외나무다리
는 건너기 힘들다네/ 평생에 울어본 기억이 없건만/
오늘따라 하염없이 눈물이 흐르네"가 장안 수행자 마

음에 흐르다. 계림의 향가처럼 서안아리랑을 다시 듣
다. 대안탑 불야성에도 여전히 흐르다.

*서안, 2018. 7. 4. 중국 서안 밀교 대흥선사 탐방, 1,700년
전 수나라 때에 창건한 사원으로 중국에 밀교가 처음으로
시작된 고찰이다. 중국에 밀교를 전파한 금강지와 불공의
제자인 신라의 혜초(慧超 704~787)스님이 불교를 번역한
곳이다. 혜초스님은 인도여행기인 왕오천축국전(往五天
竺國傳)을 지었다.

감

아저씨 부르는 그대, 놀리는 재미 쏠쏠하다.
단풍숲에 감 주렁주렁 깔깔 따라 웃는다.
가만있어 보라며 단풍길, 단풍집에서 싸우자
아저씨, 색칠할 끝판까지 가보지 뭐라고 들이댄다.
안개비에 젖은 단풍잎들, 신부 면사포 발아래
홍감빛 배달부 아저씨 설렁설렁 쓸고 있다.
배달부 빨간 가방에 꽉 찬 붉은 가을편지
하나님 이름표로 늦겨울로 배달될 거라고 우긴다.
하나님 아저씨, 그대가 흔들자 가을잎 우수수
가을감 덩달아 툭툭 겨울눈을 부른다고 대든다.
나는 잠시 그대 아저씨 품에서 웃음꽃이 된다.

답안지

숙제 삼아 바다 낙산사
통째로 사다.
누가 달빛 해안선 물어뜯는가.
온밤 주발로 담는 소리.
숙제 삼아 불 켜진 바다 낙산사
알맞게 품다.
누가 물고 빨고 지우고 새기는가.
새벽 오도록 깨알 글 베끼는 눈빛.
숙제 삼아 뿔난 바다 낙산사
미치게 빠지다.
누가 입술 베이고 심장 보이는가.
저어 저 불덩어리 넘기는 수험생.

다담골아리랑

서라벌 사뇌가 들리는 양지마을*
봄꽃 뽐내는 화사한 날 씨구씨구 잔치판 차렸네.
원효성사 탈떼 데리고 무애가 한판
동경이 토우 살아나 윤경렬거사와 꼭두춤 한판
양지스님 지팡이로 비보이 추며 몸춤 한판
수로부인 용비늘 날리며 꽃바람춤 한판
첨성대 별을 따던 미실 눈웃음 한판
판마다 신라 봄하늘 한자락 풀려
다담골아리랑으로 어절씨구 살아났네.
서라벌 사뇌가 퍼지는 양지마을
봄꽃 다투는 눈부신 날 곤드레 잔치판 벌였네.
신라 사람들 남산자락 베어 포장 치듯
꽃잎 분분 날리던 길, 내미는 화랑 얼굴들
죽지랑, 충담, 처용, 기파랑, 유신랑 몸짓에
남산 감실 할매부처도 덩달아 덩실덩실
신라 미소 머금고 문천蚊川놀이마당** 어울리는데
풍월주 술잔 돌아가며 철철 따르자

다담골아리랑으로 지화자 만드레 깨어났네.

*양지마을: 국립경주박물관 앞동네로 古靑古家(기념관 예
  정지) 있는 인왕동.
**조대환대표의 다담골 문화관 개관기념 문천민속예술제
  (2019. 4. 9.) 공연.

십리도

아하 하아 병 났네.
도가 지나쳐 중병 났네.
광기의 깃발에 먹이가 되어
고름 나는 질질 병 났네.
욕망의 손발병 났네.
노란 함성에 포로가 되어
불치의 카랑카랑 병 났네.
돌아올 수 없는 늪강
아리랑, 깊이 빠져 중병 났네.
십리도 못 간 깨소금 발병이여.

시론

동일성 은유론
이창식

1. 시학여담과 서정적 아바타

아름다운 대상에 대한 생각은 파동의 매력을 준다. 사람이나 예술품일 경우에는 치명적인 몰입이 생긴다. 특히 시가 그렇다. 필자는 시를 읽고 즐기다 보면 아름다운 시에 빠져 시의 정체성이 무엇인가 다시 묻게 된다. 기질론이든 체질학이든 시의 아름다움을 극명하게 해명하고 싶어진다. 다만 시를 쪼개서 그 매력을 자세히 보려면 핵심이 증발되어 '사유'의 감성만 남는다. 시도 놀이라고 자주 말한다. 흔히들 시를 '사무사'니 '은유'라고 하면서 시의 가치와 심도心道를 말한다. 시는 포착의 전이轉移인데 필자 취향으로 보면, 월명사, 두보, 예이츠, 윤동주, 서정주, 이성교 등이다. 이는 필자 시의 정체성을 가늠하는 출발이 된다.

늘 서재에 앉아 시를 쓰고 간혹 배를 깔고 시를 지으면 즐겁다. 하루 내내 서향 한 면 가득한 창문으로 쏟아져 들어오는 햇살 아래 시 쓰기와 읽기는 행복 그 자체가 아닌가. 재미난 시집이라도 잡으면 시간 가는 줄 더욱 모른다. 그동안 책상 위에 읽고 난 책도 다시 말을 걸어온다. 여행과 독서 속 틈새에 간혹 시발詩發이 찾아온다. 지워진 책『삼대목(필사본)』탓에「삼대목」으로 품에 안긴다.『울음이 타는 가을강 (박재삼)』탓에「눈물론」,『훈장(정일남)』탓에「매미론」,『산시(이성선)』탓에「해녀아리랑」등이 덩달아 따라 웃으며 필자에게 왔다.

상상력은 시의 촉수를 자극한다. 인문 상상력에 힘입어 사물에 민첩하게 움직이기에 경쾌한 언어유희가 주는 리듬감, 어감배치를 바탕으로 하여 때로는 말의 진국을 보여주기도 한다. 놀이적 상상은 진정성과 재미를 안내한다.「선묘」,「벼룩시장」작품처럼 재치와 순발력이 넘치는 말놀이의 묘미를 드러내기도 한다. 화자의 진정성을 자연스럽게 숨기는 시적 전략도 매우 필요하다. 발견한 세계에 대한 집중적인 형상화는 값진 법이다. 존재가치를 스스로 우러나도록 몰입하여 쓴다는 게 그리 쉽지 않지만 자극하는 것은 분명하다.

다락(多樂),
하니족 다락논, 낯선 이방인에게 삶을 판다.
한 뼘 한 뼘 논을 일구었을 땀이라 부르지만
카메라로 찍어보라, 살기 위한 부름의 응답방.
　　　　　　　　　　　　　　　－「락아리랑」 일부

　「락아리랑」처럼 말놀이로 주운 시를 직면함으로
써 스스로도 대견해 "엿가락 인생에" 오히려 무너진
다. 다른 시작품의 빼어난 향기에 부끄러워 스스로
나를 버린다. "살을 판다"의 인류학적 상상력에 매달
려 오브제 말풀이를 한다. 이어 「한글파발」처럼 음양
오행의 순리 속에 상상 투망을 던진다. 인정의 마중
물론에 시 놀음판도 펼쳐본다. 치명적 도박적 환상에
새겨진 생각의 바깥(『놀이하는 인간』)을 데리고 놀
수도 있다. 유년시절 환유적 시 쓰기에 집중을 보인
다. 말의 삶터에서 시인 아바타의 육성과 생명력으로
낭송하고픈 시를 본다.

　　미인폭포 대면하면 그대 다시 보네요.
　　멋지네요, 힘차면서도 곱네요.
　　머리 잘 빗어내리며 가슴에 팍 안기던 그대
　　천상천하 통틀어 쏟아졌던 그날 그 저돌 이후
　　맨날 그 줄기 땜에 줄기차게 바다를 꿈꾸네요.

미인폭포 등목하면 그대 사랑 시원하게 느끼네
　　요.

―「미인폭포」 일부

　서정적 아바타로 이율배반의 시 마을에서 "막상막
하 다모아 내리꽂던 그날 그 눈빛"의 상징적 비유로
논다. 잘 놀아야 소통의 파도가 높다. 깊은 희열, 공
유의 몰입은 매혹적이다. 고뇌와 갈등의 세계에 대해
감동의 실현, 공감의 극치에 이르도록 온갖 시길, 책
길을 모색해야 한다. 감성의 회통, 유희의 현장, 반역
의 역설을 동시에 녹여 만들어내는 시, 진실로 이끈
다. 진실의 아바타로 서정적 잠언시로의 진입, 깨달
음의 순간이 보일 때에 또다른 진면목이 진동한다.
파장과 진동의 율려적 길이 보인다.

2. 동일성 은유의 생성비밀

　서정시의 매력은 자아내면을 은유화하는 데 있다.
시의 꽃은 은유이다. 서정적 자아가 시인의 아바타로
정서적 교감의 절정과 불가사의를 그린다. 서정적 자
아가 사물에 촉을 걸면 동일성同一性의 세계를 말한

125

다. 서정적 자아가 깨우친 지혜를 유사성으로 독자의 눈높이에 빗댄다. 그리기, 말하기, 빗대기가 서정시의 창작 기본 원리이다. 빗대기가 심미적 매력을 주는 핵심인데 그게 은유 곧 숨기면서 느끼게 하는 빗대기 발상이다.

동화同化의 빗대기는 서정적 자아가 외부 현상을 포착하여 시의 내면으로 인격화하여 융화시키는 구실을 한다. 투사의 빗대기는 서정적 자아를 상상적으로 세계에 감정이입에 따라 자아와 세계가 일체감을 이루도록 하는 구실을 한다. 빗대기의 이치는 시적 체험과 언어놀이의 숙련에서 온다. 숨겨서 고도로 드러내기의 수법은 서정시의 세련성과도 직결된다. 시의 수준과도 관련된다. 서정적 자아의 몰입과 열망은 서정시의 촉발이며 은유놀이의 귀결이다.

은유놀이는 합리적인 공통 비교를 벗어나 질적인 도약과 파격을 통해 두 대상을 동일시하거나 융합하여 그 두 가지의 특성을 다 포함한 새로운 국면을 창조한다. 서정시 미학성은 리듬, 감성, 파격을 적절히 혹은 교묘하게 섞어 공유틀로 짠다는 점이다. 서정적 노래문학은 은유놀이의 파장에 의해 리듬의 빗대기, 감각성과 파괴성의 뒤집기로 생성된다. 서정적 자아의 본령에 끌림이 없으면 즐거운 상상도 할 수 없고 더구나 동기부여를 받을 수도 없다.

서정적 자아의 매력을 찾아야 한다. 서정시 발단의 정점에는 '은유놀이'의 미학적 가치가 자리한다. 아바타의 어떤 점이 독자를 유혹할 수 있는지를 파악해야 한다. 시지향의 목표점에 관해 성찰해야 한다. 독자의 방어선을 무너뜨리고 항복의 울림을 얻어내려면 어떤 전략과 행위화가 필요한지 알아야 한다. 아바타의 마음이 때론 유혹으로 감정의 폭풍 빗대기를 쳐야 한다. 단순 익숙함에 독자가 움직이지 않는다. 독자가 선호하는 서정적 자아의 마음에도 늘 폭풍 충격요법을 쳐야 한다. 아바타의 빗대기로 삶에 대한 호소력은 더욱더 놀라운 변화를 일으킨다. 싯귀 한 마디 마디마다 혼불이 탄다. 「상사화」처럼 그 불빛이 빛바랜 내 영혼을 깨운다(김의숙 교수의 평)고 하였다.

서정적 자아는 두 사물 간에 유사성에 대해 늘 연상하고 새로운 이미지를 떠올리게 하는 그 무엇이어야 한다. 시인의 아바타는 모든 것을 가슴에 담아만 두지 말고 표현해야 한다. 시인은 눈에 다가오는 모든 것을 호기심을 가지고 바라보되 익숙함과 무수히

결별해야 한다. 호기심이 은유놀이로 표현된다. 유
혹의 호기심이 '하고 싶다'의 동일성 은유로 모아진
다. 그 지점에 독자도 거부의 백기를 들고 독한 유혹
의 덫에 걸려든다. 저절로 숨겨진 빗대기 전술에 엄
청 환호한다.

　일단 생산된 시인의 마음은 파동원리, 유사원리,
연상원리의 아바타로 유통된다. 자신에게 쓰이기도
하고, 상대방에게 전달되기도 한다. 시간이 지나면
결국 사라진다. 아바타가 일으키는 모든 마음이 그렇
게 일어났다가, 쓰이다가, 사라진다. 유치환의 「깃발」
에서 손수건처럼 일어남과 스러짐을 통해 마음 은유
의 스토리텔링이 어떻게 돌아가는지 알게 된다. 김소
월의 「진달래꽃」 작품에서 눈물처럼 결별의 양극적
은유를 통해 시적 아바타의 진정성을 알게 된다. 은
유 스토리텔링을 정확하게 알 때에 누구나 마음공부,
시 읽기의 주인이 될 수 있다.

　　개구리 북 울려 데리고 가고 싶다.
　　누가 나를 힘껏 쳐 사방팔방 깨워다오.
　　누가 온몸 다해 나를 마구 때려 둥둥 깨워다오.
　　누가 여럿 같이 뭉쳐 나를 미치도록 패서 깨워
　다오.

내 어린 날 개구리, 신라토우 종개구리 살아 있었구나.

놀이인 줄 알고 명중했던 개구리, 소리로 튀는구나.

죽은 화랑 대신 흙으로 구운 개구리, 소리춤으로 차오르는구나.

극한열도에 견딘 개구리북, 찢어버릴 듯 두둘길수록 웃는구나.

펄쩍펄쩍 청동북으로 천방지축 뛰는 개구리

다시 개구리 북 울려 데려가고 싶다.

　　　　　　　　　　　　　−「청동북론」전문

「청동북론」은 개구리북 '탄생'의 탐험에 대한 이미지 빗대기를 하고 있다. 글자는 단순 기호를 넘어서서 창조적 비밀의 은유방이다. 아리랑의 환유성을 살려 쓴 것이다. 「청동북론」은 여행 속 북의 본산지(중국)에서 압도된 경탄을 역설의 빗대기로 필자의 발치에서 느낀 감동을 살려보려고 애쓴 즉흥시다. 「놀이하는 천재」는 이미자의 노래처럼 잘 구워져 작품으로 선보이면 또 다른 성채임을 빗대어 본 것이다. 음유의 가객으로 객기를 부른 모습이라 여운이 오래간다.

여자의 일생을 호미로 후비다가 밭고랑에 자ㄲ
있는 중,

소설 안 인물들 땅에 자꾸자꾸 묻자

푸르게 풀로 다시 저마다 이야기 얼굴 달고 나
온다.

토지에는 해울음 달설움 번벅되어 박물관으로
온다.

여자의 일생을 돈으로 세다가 취병리 진밭에
놓고 있는 중,

소설 안 춤사위 땅에 휘리릭 뿌리자

시원하게 수련으로 저마다 노래 민낯 들고 나
온다.

　　　　　　　　　　　　　－「놀이하는 천재」 일부

　필자의 첫 시집 『어머니아리랑』(2011년)의 중심
화두는 어머니이며, 주제는 어머니에 대한 사모곡이
고, 그 밑바탕에는 불교 다르마 세계와 신화적 상상
력(「상사화」, 이성혁 평론가)이 내재해 있다. 제2시
집 『눈꽃사원』(2017년)은 첫 시집 어머니 사모곡에
서 글 소재가 고향을 비롯한 지역성(locality), 놀이시
편, 역사 사건, 인문 장소성, 인물 호명 등으로 확장
성(「불교적 상상력과 유랑의식」, 김현정 평론가)을
보였다. 더구나 시적 표현의 다양화와 시 수준 향상

이 눈에 띄는 서사요소인 '이야기' 은유시-「만산고택」, 「정라진아리랑」, 「바이러스」 시편-가 주류를 이루고 있다.

「시요리」에 나오는 '시래기詩來記'는 아마도 "시는 어디서 오는가/ 밥그릇에서 온다/ 펄펄 끓는 시래기 국밥/ 한 그릇에서 온다// 아무도 오지 않는 깊은 겨울/ 그늘진 담벽에 걸려/ 빼빼 마른 시래기가 묻는다// 시는 어디서 오는가(『詩來記』앞 부분)"의 시가 실린 시집이 아닌가라고 독자는 추측한 바 있다(시인 김진광, 『삼척문단』27호, 2018, 이창식 특집 평론). 이 시의 세계는 이념에 이끌려 소중한 본성조차 불신하는 국면을 메모하듯 쓴 작품이다.

한국 전통민요인 아리랑의 사설에서 따온 「십리도」는 우리나라 노란 함성인 촛불혁명 관련 시이다. 노란 함성의 깃발은 태풍이요 노도였고 세상을 뒤집어 놓았다. 그래서 우리나라의 끝없는 적폐청산과 경제 정책은 그 부작용도 가져왔다. 그것을 시적 화자는 광기의 깃발, 욕망의 손발병, 돌아올 수 없는 늪강, 십리도 못간 발병이라며 은유의 비판적인 렌즈로 포착하여 "불치의 병 났네./ 돌아올 수 없는 늪강/ 아리랑, 깊이 빠져 중병 났네." 하고 걱정하는 현실비판적인 시이다. 음유시인처럼 현장에서 「장마」, 「독도 유언」, 「장락탑」, 「산수유마을」처럼 목소리 내는 파 동풍자적 관련 시이다(김진광 평론).

「홍명희가 보낸 편지」는 소설 임꺽정을 쓴 월북 작가 벽초 홍명희의 자필 편지가 근래에 네 통이 발 견된 것이 중앙일보에 실렸는데, 그 기사를 보고 쓴 편지체 대화형식의 시이다. 시인은 도반−불제자 모 임 회원인 듯하나 도종환 호명−에게 편지체로 대화 를 한다. "큰 세상 만드는 것과 임꺽정처럼 촛불 드는 것/ 둘 평등이 하나요, 그렇지 않소." 하고 묻는다. 진보적인 붉은 리스트가 꽃을 피우는 것에 대해, 손 톱밑 후려파듯 아프지 않으냐고 묻는다. 그리고 "교 실 속 순수 기개 어디로 갔소." 하고 또 묻는다. 홍명 희 '자신'도 그런 적이 있었다고 고백한다. 하지만 다 시 순수로 돌아올 것을 권유한다.

「심우성전沈雨晟傳」은 알고 지내던 '민속극박물 관'을 하던 사람이 가자, 그 사람이 일생을 바쳐 이루 어 놓은 의미가 그냥 무너지는 사실, 그리고 이어 '춤 박물관'도 따라서 그렇게 무너진 안타까운 사연을 시 로 형상화하였다. 그런데 심우성에 대한 정보 없이도 가능하다. 세상은 재미있다. 박물관이 사라진 자리에

풀이 죽으면 새 풀이 그 자리에 나오듯 다른 박물관 "한 사람 지워진 자리에 일어서는 남사당박물관/ 어마어마한 위풍으로 오고 있다"라는 세상의 이치를 시 속에서 넌지시 담고 있다.

「불개」는 삼척에서 해마다 열리는 이사부축제 행사 때 회원들이 신라시대 이사부가 울릉도를 정벌했던 범선을 타고 가서 독도에서 시낭송을 해야 할 작품이다. 이사부가 우산국에서 데리고 온 전리품인 불개와 풍미녀, 떼배(떼마) 얘기에 상상력을 가미하여 쓴 것인데 민속학적 유전자-「제주동자아리랑」, 「고래사냥」, 「운남아리랑」 시편 발상-가 잘 녹아있는 시라고 볼 수 있다고 김진광 시인과 김동성 도반이 해석한 바 있다.

민속 연구 연장선의 시에는 성과 사랑을 다루는 작품들이 더러 있다. 「짝」도 그 속에 포함된다. 꽃집을 하는 젊은 남녀의 사랑행위를 꽃의 사랑에 비유했고, 산삼에 버금가는 장뇌삼 집 부부를 장뇌삼에 비유하였다. 성 얘기이지만 시형상화가 잘 된 은유적 비유가 참신해서 시 읽기가 재미나고 삼삼하고 여운이 있다.

「밑밥」은 내용과 표현 방법은 달라도 남녀의 사랑

을 노래한 작품이다. 사랑의 낚시를 말한다. 시의 끝부분 "저기 대문 옆 밑밥 한 그릇과 한 켤레 구두", 사자死者가 가는 길에 먹고 신고 가라는 것이라 보이는데, 표현의 생략과 구상이 파격적이라서 독자들에게 조금은 당혹스럽기도 하다는 김진광 시인의 평처럼 연애미학을 형상화한 작품이다.

제2시집 『눈꽃사원』에는 시적인 감성을 돋우고 흥거운 리듬을 주는 한국의 대표적인 민요인 '~아리랑'을 붙인 시들이 여러 편 있다. 제3시집 『미인폭포』의 「해녀아리랑」도 그 시들과 맥락을 같이한다. 제주도의 조천리에서 찍은 흑백사진 한 장을 보고 쓴, 상상력이 담긴 역동적인 이미지가 닮긴 시이다. 한 남자가 한 여자를 안고 꿈틀꿈틀하고, 꿈틀거리던 문어가 아이러니하게 빨랫줄에 머리를 묶고 매달리고, 그위로 팽팽해진 해안선이 숨차게 달려온다. 제주도 바다이야기와 이중섭 이야기가 오버랩 되어 역동적 이미지로 상상력의 파도로 읽는 이에게 향한다.

답사 틈, 기행 사이를 체험하는 것은 묘미가 있다. 학문적인 것조차 게임으로 때론 공연으로 , '~아리랑' 연작과 땅설법 발상으로 즐거운 놀이 시를 쓴다. 생동감의 시 쓰기에 힘쓰고 있다. 파동원리(남창규 한

의학)로 균형과 정제 속에 '딴전 피우기', '반전 때리기'를 한다. 시적 스토리텔링은 서정시의 동일성 작동에 탄탄한 '거리'를 제공함으로써 여백과 기대의 상상력을 불러일으킨다. 화엄의 집착이다. 결국 시인은 별 하나 따 누구나에게 심어주는 영혼순례자가 아닌가.

3. 유희적 잠언과 꿈꾸는 상생세계

맑은 정신이 있을 때 다른 생각 줄이고 집중하여 좋은 시 많이 짓고 싶을 뿐이다. 죽을 때까지도 시 쓰는 일은 매우 행복한 경우다. 하기야 '전 시인'이란 말은 없다. 지금 여기의 삶과, 삶 이전과 죽음 이후, 실존과 관념을 아우르고 있는 세계를 시로 빚어보는 글쓰기 행위는 축복이다. 한때 시 쓰기를 접었다가 다시 도전하는 노릇이 즐겁다. 책 속에 빠져서 책상머리에 앉아 혹은 여행하면서 시를 써서 낭송하면 기분이 좋고 즐겁다. 이따금 여행이라는 핑계로 움직이며 명상으로 주운 시도 재미난다. 언어의 유희遊戲에 굴복된 운명 곧 어쩌면 시란 잠언箴言의 불꽃놀이일

지도 모른다.

　시인왕국의 기시감조차 깨부수고 한 채 눈부신 언어제국에 도전한다. 소멸과 절망, 언어의 주술사로 혁명을 불온하게 꿈꾼다. 생성과 창조, 언어의 해부학자인냥 스스로 심장을 베어보기도 한다. 공감과 무지, 언어의 예견자로 무엇이든 휘어보고 뒤집어본다. 학문의 칼날과 해독으로 풀길 없는 지경이 있다. 지식과 이성으로는 설명이 불가능한 지점에 치명적인 시가 놓여 있다. 일찍『하늘과 바람과 별과 시』(윤동주)의 흔들리는 서정,『탑』(예이츠)의 간절한 향수,『님의 침묵』(한용운)의 달콤한 유혹,『삼국유사』(일연) 찬시의 말랑말랑한 친절을 몽땅 기억에서 지웠다.

　지우자 시밭에 새씨앗의 은유가 돋아날 줄이야. 시가 말을 걸고 희망과 불행의 대립성, 사랑과 전쟁의 서사성이 서로 휘어서 맞물려 감성체질로 드러날 줄이야. 말의 논리 앞에 절망하다가 이내 언어의 무한한 놀이로 위안을 받을 줄이야. 나에게 시쓰기가 숙명놀이인 연유도 이 접점대에 있다.『어머니아리랑』(이창식)『눈꽃사원』(이창식) 일련의 시적 궤적을 자가점검하면서 필자가 포착했던 인간탐구는 화쟁和諍의 포스트모던적인 셈이다. 그러나 다시 반문

한다. 시 그물망을 통해서 무엇을 깨닫게 되는가. 기존 익숙한 시 길을 밀어내고 내 독특한 리듬과 언술로 아포리즘(aphorism)적 완성도는 가능한가.

　만든 시를 거리감으로 대면함으로써 스스로도 지고한 시인임을 엄격하게 예증해야 한다. 타시인의 빼어난 장물에 부끄러워 시인 명찰을 던지기도 해야 한다. 이항대립의 민속학적 상상력에 매달려 오브제 말굿을 자주 한다. 음양오행의 순리 속에 상상 투망을 허당스럽게 던진다. 화쟁和諍의 마중물론에 시 놀음판(『놀이와 예술 그리고 상상력』)도 벌인다. 알레고리적 환상에 새겨진 생각의 바깥을 데리고 놀 수도 있다. 아리랑, 대동놀이, 어머니, 사뇌가 환유적 시 쓰기에 화두를 재담한다. 말의 삶터에서 시인의 육성으로 낭송된 유튜브시와 카페시를 본다. 시 낭송성을 강조하기 위해 시객, 음유시인을 자주 쓴다. 천재, 인공지능 알파고시인과 완성도 높이기 수담手談도 경쟁한다.

　　　불갑사에는 꽃부처가 산다.
　　　잠시 다녀간 탓에
　　　도통 대웅전 기억나지 않아

카톡 사진 뒤지자 꽃부처 무더기 나온다.
어찌 된 일이냐고 묻지 말라 한다.
잠시잠깐 눈 감은 탓에
어찌 된 영문인지 법당 부처 떠오르지 않아
카톡 메시지 뒤지자 용하게도 꽃말이 뜬다.

-「상사화」일부

성과 관련된 꽃말을 소재로 하여 쓴 작품,「상사
화」는 상사화 밭으로 유명한 불갑사를 배경으로, 상
사화를 도반 '비구니'에 비유하고 있다. "그 해 그 초
가을/ 우린 손잡고 산문 들어갔지만,/ 그대 꽃부처 되
고 아직 난 부처꽃을 부른다"는 이야기가 있는 상상
력을 동원한 비유가 이 시를 돋보이게 하는 이야기가
있는 시이다. 상상력은 시힘과 공감의 원동력이다.
특히 이야기 장소성을 언간과 문맥에 녹여낼 경우에
상당한 내공이 요구된다. 불교적 상상력,「상사화」
'비구니' 비유는 불갑사 정보 없이도 시적 스토리텔
링으로 말하기가 된다. 도반의 지식이 없어도 소통된
다. 상상의 죽비가 독자의 한 군데 정도 때릴 것이다.
성찰의 집중화가 이렇게 수작한다. 서정시의 내면화
는 되고 싶다의 상상 압축판이다.

고도의 은유놀이로 이야기의 행간―삶의 다양한

국면과 사연−을 철저히 숨겨야 한다. 숨겨도 시성詩性의 손상은 없어야 박수받고 공감력이 크다. 성과 사랑, 이별, 열반의 길인데도 하등 이해의 불통을 주지 않는다. 상사화 이름 탓도 아니다. 산문의 공간과 자타 시선의 교차 이야기가 있는 다르마의 비유 탓으로 꽃놀이 시편으로 구워졌다. 환유라는 상상력 비유법은 시품, 시격의 열쇠인 셈이다.

　　살
　　그림도적 김홍도가 나를 환생시키다 하늘 냄새
나다 성전 치르는 자리 초대 자체가 기쁘고 새삼
나의 뿌리를 잊은 채 살춤을 추다 살의 잔치 눈뜨
다 내 뜨거운 진동 드디어 생기로 적셔져서 살도
끼에 생목 벗기고 벗낀 나무 불로 활활 다시 물로
살살 씻겨 흙의 생기되다 땅의 진품 내가 되어 처
절하게 살기둥 베이고 베다 옥순봉 배 위 사인암
나귀 위에서 미치도록 나는 알춤을 추다.
　　　　　　　　　　　　　−「김홍도 춘화」 일부

「김홍도 춘화」는 육화의 엿보기 절정판이다. 연장선에서 정현종 시「좋은 풍경」은 사랑놀이 엿보기다. "밤나무에 기대서 그짓을 하는 바람에" 그짓의 파장을 그렸다. 눈 덮인 산 속으로 사랑하는 남녀 한 쌍

'발자국'이 찍혔다. 추적하건대 올라가더니 밤나무에 기대어 사랑을 나누는 바람에 그 사랑의 숨결이 얼마나 뜨거웠던지 그만 밤나무가 봄이 온 줄 알고 얼떨결에 꽃을 다 피워놓고 서 있는 모습을 이야기한다.

사랑하는 남녀의 '그짓'으로 주변에 열정이 피어난 것뿐인데, 묘하게도 순진하기 짝이 없는 바보 밤나무는 그게 봄이 온 것인 줄 알고 꽃을 피워버렸던 것이다. 남녀의 사랑과 그들의 온기와 그 가운데서 피어난 후각적 밤나무꽃, 그들의 배경을 이루는 시각적 흰 눈의 어울림이야말로 생명의 자연스럽고도 아름다운 광경이다. 음담패설 숲에 들어간 남녀 '해봤니'로 해벌레 재치가 돋보인다. 생명 화두를 통해 살의 은유재담이 독자의 상상을 끌고 간다. 「김홍도 춘화」, 「연장론」도 생명 발화인데, 생생력 말굿이며 몸굿이다. 시 정체성에 대해 은유라는 이름으로 미처 본 적이 있다. 언어가 벌이는 무한 유희에 매료된다. 창조의 역설이라는 표현에 목숨론을 제기한 바 있다. 정말 감동의 극치만 포착하여 독자에게 그 절정의 맛스러움만 선사해야 하는가. 진정 시신詩神과 정면승부하여 그가 주는 대로 지어야 하는가. 이 반문이 시성에 대한 반역일 듯 싶다. 시적 '서정적' 글쓰기의 애매성, 적확한 시 다루기와는 먼 것인가. 이 대목에서 흔히 생기生氣를 불어넣는 것은 전적으로 독자의 몫이라고 비껴간다. 여전히 시혼, 시정신의 출렁거림은 말결을 통해 물결처럼 소통으로 온다. 시가 살아 숨을 쉰다. 리듬의 무늬결이 춤추며 시품의 숨결을 내뿜게 된다.

시성은 이러한 숨결의 언어놀이에서 온다. 유희가 시의 멋을 부추기고 시의 맛깔스러움을 빚어낸다. 시인은 어떤 예술가보다 자유롭다. 언어가 놀자고 꼬드기는 것이다. 여기 잘 부응하고 녹여들 때 숭고한 시성詩性이 자리잡는다. 그래서 설명하거나 이념의 간판을 걸면 시도 쭉정이, 재인才人으로서 시인이 아니다. 죽은 목숨이나 진배없다. 허깨비 시인이다. 언어의 틀에다가 시어 이미지를 사냥하여 재주부려야 한다. 말을 잘도 데리고 노는 말꾼이어야 한다. 나의 놀이시편들도 새로운 시길의 촉수를 보여준 말놀이 장르인 셈이다. 결국 산문쓰기가 노동이라면 시쓰기는 재능놀이의 미업美業이다.

그러나 미업은 변명이고 실제 시 공부는 게으름의 표현물이기도 하다. 세상 공부의 진도는 쉽게 나아가지 않고, 이승에서 학종學種으로 살아가는 일은 언제나 어렵다. 공감각적 이미지를 전제로「고기 한점」,「춘매」,「겨울 분황사」처럼 인정어린 것을 털어버리고, 포장하는 희로애락의 감정을 털어버리고, 이상 추구의 무게들도 털어버리면서 최고의 방편행方便行을 구사하고 싶을 뿐이다.「징강산 그림절」,「서산마애불」의 붓의 경지와 미소 절정도 불심佛心으로 만져본다.

주관적 관여, 어떤 대상을 단 하나의 간섭도 하지 않은 채 그대로 둘 수 있는 존재란 얼마나 대단한 경지의 삶을 건디고 있는 것인가 하는 화두 말이다. 시 화두 공부, 그나마 눈에 띄인 혹은 눈보다 마음에 접속한 만유의 존재를 찾아 같이 공유해 보려는 시행詩行 정진이 위로가 된다. 좋은 시 명상을 즐겁게 누릴 수 있다. 라캉은 인간의 욕망은 타자의 욕망이라고 말하였다. 스스로가 가지고 있는 욕망이 타자의 것일 때 우리는 행복할 수 없다.

같음과 다름도 말의 미묘한 포착과 특유의 혜안에서 온다. 화이부동和而不同의 개성이 드러나야 강기 어린 시가 된다. 누구도 흉내 낼 수 없는 결기로 시경詩境을 긋고 싶다. 나다운 완성도 갖춘 시를 성의껏 빚고 싶다. 시대 한 복판에서 극과 극을 뭉개고 당당히 서서 말놀이판을 벌이고 싶다. 미래의 시판이고 싶다. 부인하고 안달하는 변죽시인들도 압도되어서 시판에 어울려 혁신의 말꾼이 되게 하고 싶다. 놀다 보면 또 다른 다중의 말결이 쏟아져 시가 시인을 버리고 스스로 논다. 버려도 시인은 자기 시라고 챙기거나 우기지 않는다. 그게 꿈꾸는 욕망의 언어놀이판 아닌가. 혁명적 놀이꾼은 언어의 춤사위, 말의 숨결에 모든 걸 건다. 걸기에 시의 존재감은 미지의 책길을 선사한다.

진창에서 나와 노는 것만이라도
매미다움이라고
밑줄 치면서 운다.
밑줄에 매달려 사는 이들
그제사 진정 운다.
목 빼며 남루의 껍질도 좋다며 운다.
폭염에도
서로 휘어진 등 기대며 운다.
저기 폭염 길바닥 밑줄 따라
아주 느리게 폐휴지 등에 지고서
울음꽃 뿌리며 죽으라 운다.
                            ―「매미론」 일부

143

서정시의 매력은 언어로 우주를 형상적으로 포착하여 자아의 내면화로 끌어당겨 하나로 집중하는 데 있다. 「매미론」에서 엄청난 혹서에 매미도 "마른 벼락 치듯, 불꽃처럼, 지독하게, 악다구니로, 목빼며" 강조의 밑줄 치면서 운다고 한다. "서로 휘어진 등 기대며 운다./ 저기 폭염 길바닥 밑줄 따라" 요즘 할 말을 하고 사는 세상이지만, 하지 못하는 쪽도 있다. 그러한 사람들의 밑줄 친 이야기를 들어보아야 한다. 생기의 일어남과 깨달음에 이르는 통찰력이다(시인 배인덕, 『예술가』 2019 봄호, 이창식 특집 평론).

살다 보면 치명적인 아름다움에 미치도록 안달한다. 사는 과정에서 너무 슬퍼서 눈물도 마른다. 살아내려면 그리움의 신기루에 모든 걸 던질 때도 있다. 삶의 길에서 만난 시 한 편에 데인 자국이 아문다. 이처럼 살다 보면 서정적으로 운다, 논다, 빠진다, 웃는다, 살핀다. 때론 서정적 자아로도 결기를 다지기 일쑤다. 이러다가 정서적 교감의 극치와 절정이 입말을 걸기 시작하면 시품詩品이 보인다. 오래된 지혜의 시작이다.

되고 싶다의 몰입과 열망은 서정시의 출발이다. 동일성同一性의 언어놀이다. 동일시 사유의 길이다.

자아와 세계의 동일성은 두 서정적 자아에 의해서 두 가지 방향을 취하게 되는 것이다. 시인이 의식적으로 자아와 세계의 동일성을 추구하는 데에는 동화와 투사의 두 가지 방법이 있다. 동화란 시인이 세계를 자신의 내부로 끌어내어 그것을 내재적 인격화하는 세계의 자아화이고, 투사란 자아를 상상적으로 세계에 투사하는 곧 감정이입에 따라 자아와 세계가 일체감을 이루도록 하는 현상이다. 이는 언어유희의 집요한 예술세계에 이르는 방편이다.

이창식 시인의 시학은 동일성 회복이다. 대결과 갈등이 사라지고 상생과 원초적 사랑이 꽃피는 세계, 그 중심에 어머니와 노래·춤이 있다. 어머니는 개똥쑥으로, 땅두릅으로, 오가피로 환생하여 그의 삶에 늘 동행한다. 어머니가 곧 부처요, 예수요, 자연이며 삶의 나침판이다. 부조리한 세계와 혈투를 벌이며 목숨 걸고 싸우는 전투의 달인이 되지만 때때로 상처를 입고 내면의 성은 무너진다. 그러나 그는 '바둑트로트 부르며 만보 걸으며 그 암벽을 넘어서' 밤하늘의 별을 지향하고 있다(「나침반 안부」). 별이 바로 사랑이요, 어머니이며, 영원한 안식처다. 그 별을 찾아나서는 여정이 그가 시를 쓰는 이유이고 구원이다. 그는 오늘

도 산티아고 시詩 순례길을 걷고 있다. 또 그의 시
는 신라의 사뇌가와 무애가를 살려내고, 원효대사
·양지스님·수로부인·화랑·미실은 물론 동경이
토우와 할매부처도 살려내어 걸판지고 신명나게
춤추게 하는 상상력과 생명력이 남다르다(「다담
골아리랑」). 그 시학의 위대성이 여기에 있다. 노
래·춤은 화합이고 생명이며 삶의 희열이고 행복
이다. 그의 시학은 사라진 춤놀이와 노래를 살려
내어 현재를 춤추게 하려는 지고지순한 구도자의
여정이다.
　　　　　－김동성(문학비평가, 세명대 강사)

　한국인에게 이러한 공동체적 서정시가 대표적으
로 아리랑인 셈이다. 그 아름다운 선율만큼이나 노랫
말도 풍부하고 운치 있다. 아리랑의 노랫말에는 다
수 사람들의 희로애락이 고스란히 담겨져 있어 마을
의 옛 생활사와 민중의 정서를 탐구하기에 더없이 좋
은 자료유산이다. 서정시 삼색三色 미학인 리듬, 감
성, 파격을 공동체 공유로 자리잡고 있다는 점이다.
서정시의 힘에는 온갖 폐해와 대응하면서 인간이 본
래 지니고 있을 순수한 정감을 드러나게 해야 하는
전략적 책무가 있다. 더구나 아리랑은 구비적 상징
문화성이 있다. 인공지능시대에 알파고형 컴퓨터와

같은 전자 매체가 현대인의 의식을 지배하고 삶의 습관까지 바꿔놓는 오늘의 상황에서 구비적 틈새 서정시가 다른 어느 때보다도 절실한 데 다시 아리랑 화두―필자 재미의 유희발상론―로 공동체 서정적 노래문학을 동일성 놀이로 탐구하는 실천도 바로 이런 탓이다.

이창식 시학의 특징은 우리의 대표적 민요인 아리랑에 담겨 있는 한恨의 정서를 불교사상과 어머니의 사랑을 매개로 풀어내는 데 있다고 생각된다. 어머니는 "시간의 층계에 오를수록" 지워지는 존재가 아니다. 그 사랑은 언제나 들풀의 끈질긴 생명력으로 돋아서 살아가는 힘이 되어주고, 험한 세파에 휩쓸릴 땐 밝은 별로 떠올라 가야 할 길을 비춰준다(「나침반 안부」). 이렇듯 시인은 윤회의 시공時空에 어머니 사랑의 영원성을 소환하면서 절제된 시어와 서정의 지적 표현으로 우리를 삶의 근원에 대한 자각과 성찰로 이끈다.

　　―박영배(시인·문학평론가, 세명대 명예교수)

서정의 힘이 여기에 있다. 아울러 삼색의 서정원리를 정형화한 사뇌가는 아리랑의 상생, 저항, 대동을 신라인이 먼저 서정시로 장르화하였다. 잠시 죽은

듯한 사뇌가의 유전자는 열 줄의 삼구육명三句六名,
이상적 감성, 신이한 파격으로 짜여져, 삼장육구의
시조, 구음口音 삼재삼태의 아리랑으로 이어져 있다.
한국인 서정시 발단의 정점에는 향가, 사뇌가의 미학
적 가치, 시조의 자연미 가치, 사설시조의 탈 가치가
자리한다. 깨달음의 치유적 가치가 존재한다.

　사랑하는 곳, 꿈꾸는 별나라, 아득하지만 앞서 드
러낸 의미망의 장르가 그렇듯 치열하게 구축해야 닿
을 수 있다. 사뇌가, 한시와 하이쿠보다 서정적 울림
의 마성이 더 있다. 하늘과 땅, 사람의 상생세계가
녹아있는 감응의 틀이다. 다만 잘 짜여진 정형 속에
서 놀기가 쉽지 않다. 오래된 서정의 혁고정신革古鼎
新 차원에서 열 줄 노래의 맛과 멋을 사뇌가 발상과
화두-필자 치유의 율려복원론-로 집중해 보는 사
설조 말놀이 차원도 새로운 현대시의 진경일 수 있
다. 여기 이렇게 쓴「하롱베이 사뇌가」,「하늘재아리
랑」,「맹방별곡」,「풍도바람꽃」열 줄로 노래된 시
편들이 그 시도인 것이다.